地底下的鯨魚

許閔淳——著

目錄

輯二　浮漚

輯三　海面日出

推薦序

光與影與魍魎
——讀《地底下的鯨魚》

李欣倫

最早認識閔淳，是在幾位東海、靜宜喜愛文學的師生共組的讀書會上，由於初識，她給我靦腆而安靜的感覺，眼神裡有靈動的光。進一步讀到閔淳的作品則是在東海文學獎散文決審會議上，當時我最支持並堅持的就是〈螢火蟲的光〉，一篇寫女女情感的作品，印象最深的句子是寫KTV中，投映在女孩子身上閃動、旋轉的五彩燈光，「黑暗中，將我們分割成各種零散的色塊」，接著閔淳寫「像一場殘忍的祭典」。

不知為何，當時讀到「殘忍的祭典」這幾個字，有種正面迎擊的強烈感受，我驚訝的不是兩個女孩兒不被認可的擁抱，或是被龐大體制、秩序隻手遮蔽下的殘喘青春，而是那旋轉流蕩的KTV五彩燈影，應隱喻狂放或暴走的青春，所有的感官如同無限暢飲的可樂啤酒，應盡情流淌甚至浪費，但在女孩敘事者的眼中，卻藏不住鋒利的鋸齒，割裂寂寞又徨然的青春，等待屠宰，殘忍祭典。那篇以螢光終結的散文，讓我始終記得的卻是這間彷彿流亡最終站的KTV。

這是我初識的閔淳，也是後來始終被我記憶收妥的閔淳文字：安靜沉穩敘事中，平淡家常的小日子裡，隱匿著一間五彩霓虹旋映、情感被分割再分割的暗房。這次讀《地底下的鯨魚》，暗房幻變成不同形式，像是〈地下人〉中「豢養著一批殘弱不堪的老人」的火車站地下道，還有懷抱著殘疾祕密的B的房間，黯黑記憶築構出的內心地下道，收納祕密和腐敗往昔的場所，被閔淳慎重的折疊起來，暗藏在敘事樓閣中，待你的目光經過，像機關般乍然彈出（像不像伏在錦羅綢緞中冷光森然的匕首），於是，就只能身陷其中。

〈地下人〉的最末，在光的反射下，窗外大雨迴照出室內激烈的黑色雨影，如同將青春分割成色塊的廉價五彩燈飾，書中光耀處處，我也跟著閔淳駐足看光：河面上廣告招牌的光之倒影，遠處飛馳的車燈，黑暗的房間摸索孤獨，思量我與世界的距離：「而透進我世界的光也只有那痕細瘦的分量」（〈阿冷〉）。閔淳對光的捕捉似乎一向到位（敘事場景的燈控師？）無論上場的是寂寞或恐懼、慾望還是希望，閔淳說要有光，就有光，這樣的光，如同觀音千百億化身，現身於字裡行間，也是我喜歡重複品讀處，例如〈地底下的鯨魚〉寫到BRT站牌黃紅藍的色彩，燦燦顏彩融入水光，她將之形容成古老教堂彩色玻璃透出的光，繼而又疊以星光，閔淳極富耐心並掌握條理的為一重又一重的視覺疊影命名，又十分用心於意象經營，蟲、繭、照片、水、地下道等所有等待命名的物件，都有它該好好待著的多寶閣小抽屜。想來是微物之神：將某個意象的核心精準萃取、延伸並乾淨的收束，文中開演的層次與秩序井然，展現了寫作者的美德。

有光就有影，影中還有魍魎，所有的天堂在寫作者的目光中，悉可折射成地獄無間，罔罔威脅，同樣的，可怖輪迴經過敘事濾鏡，也可造就絕美山水無數，無論寫父親母親家族私史，還是寫校園、情感、關於日子與書寫的思索，光伴隨著影，影又佐著魍魎，三重意象，交織成敘事中不可承受之輕。我跟隨著閔淳，從白晝的人際往來，獨自走入夜晚，夜間散步、騎車與寫作。忽忽我想起閔淳碩士論文寫張愛玲。蒼涼張望中，雷電般的敘事裡，光與影與魍魎輪番幻化，相偕舞來。

推薦語

這本書裡的文字如同沙漠中的夜雨，靜謐地流成一條沒有尾巴的河。河裡的陷落與淤積，自成作者心中一座遙遠的城池，是從許多此刻以外的他方折射而來的海市與蜃樓。即使沒有終點，它仍在沙中以它自身的流淌，做了一個關於沙漠的夢。

——言叔夏

對許多散文創作者來說，最想寫、也最難寫的是家人，家庭的重量往往決定成長過程使否順遂。許閔淳深入挖掘記憶深處的礦場，正視迷離潮濕的過往，不虛張聲勢、不過於耽溺，展現了過人的敘述才華。這部散文集裡，許閔淳把貼身穿戴的感情記憶拿出來示人，這真需要莫大的勇氣。我尤其喜歡〈螢火蟲的光〉、〈所謂日子〉、〈一盞燈的明滅〉這些篇章的語氣，以及對細節的處理。因為有了無可替代的細節，散文才能顯現只屬於自己的獨特面目。

——凌性傑

閱淳曾和我說過，她是一個喉輪空白的人，話少言疏。我一貫緊張地回以寥落字詞，卻有事物在閱讀她寫的字時，洶湧結成。世間如細沙，時間被糊化，日子黏膩冰冷，原來宇宙所有的繁華在她迷幻雙眼，不過冷涼爬蟲，走過深宵。當時，我就知道她的心結成了一個奇怪蟲蛹，有小小事物藏在裡頭，玲瓏小巧地以寫代說，字成象再成蛹繭，質地是絲線、皮層與浮沫，裡頭的夢與愛全是彩色的。如果你輕輕敲擊字蛹，會聽到不同的波長赫茲跳躍回應，像蜂鳥拍動翅膀、大海潮湧嘆息、巷道日落剝離，就是這本散文集發出的聲音。這些聲音，你聽不見，卻看得清。

——蔣亞妮

自序

平地木

桌前的小黃燈下，紙張散著，上面漂浮著自己寫下的文字。一口氣潛入裡頭，彷彿又回到那空曠的時日。無盡的寂寞燃燒，似在森林裡獨行、在雨中戲劇性的對話……。這些潮濕的文字又一次回到面前，數度震驚著自己。我修剪字句、更換用詞，試圖使這些蔓生的文字草叢不那麼張狂，然而很快地發現，無論再如何試圖遮掩，都掩不去那些曾經清晰的情感，掩不去這些皆是一部分的真實。

想起童年的時光，著迷於金庸，在家中附近小小的市立圖書館一套一套的讀著。那撩亂的情節、人物關係、絢麗的武打招式在多年後已逐漸忘卻，然而卻一直記得那披著黑色罩衫的行走姿態，荒山裡多崎的小路，突如其來的石洞，簷上的飛行，走不出的變幻八卦陣。

曾經因為金庸，暗自在心底許下一個成為俠女的願望，卻終於長成了一個幾乎是俠女性格反面的心思曲折女子。那些童年寫下的亮晃晃的志願，都一個一個歧出散開了，成為別種模樣。現今想起，金庸之於我，也許從來都不算是一部武俠小說，在我心中留下的從來都是別的事物。

後來再長大一點的我，仍在那圖書館裡借閱各種書籍、讀教科書，然而現下想起來，那個我在書櫃上取下紫微斗數書的下午，很有可能是後來寫下文字的某重要驅動力之一。

那個下午我在窗邊寬綽、因鋪上透明桌墊而微微反光如湖面的大桌上，一邊翻閱紫微書，一邊在空白的紙上畫下十二格子，依據書上的指示，一步驟一步驟地幫自己將上頭所有的星宿排列而上，漸漸地主星、吉星、煞星、飛星，全都在那空白的紙上出現了。印象中是一個陰涼的午後，所在的三樓罕無人跡，我終於完成命盤，揣著那張紙，小心翼翼的夾入課本，像是忽然擁有了一個極重要的祕密。

後來，我經常在讀教科書疲憊之際便跑到三樓閱讀其他書籍，悄悄攤開那張紙，在書櫃上取下那本紫微書，試圖從中解出那些星宿組合的密語。（當然，很快地網路就遍布生活，我發覺只要在隨意一個命理網站上輸入生辰，整張命盤便能夠自動排好，根本毋須如此勞費手工，便感覺當時的自己傻蠢又純粹。）

那些午後我究竟想要知道些什麼？

記憶中一直有那麼樣一個片段，時序依然是童年，一個男孩忽然就倒在地上，翻出眼白，全身抽搐著，雖然後來我明白到那是一種病理症狀。但那模樣依然在我心裡遺留下了些神祕的軌跡。當時我想：他怎麼了？原本的他呢？倒在地上的為什麼是他？不是我？

為什麼我不是他，他不是我？

我是誰呢？這樣子一個大哉問的問題存在心中。看著那些在十二宮格上的星宿組合，試圖從中探求答解，為什麼我會遇到那些事情？為什麼？為什麼？我想那並非為了預知什麼，而是想更加看清那些纏繞在自己身上的事物。

後來，我並沒有一頭鑽入命理世界，終究是在表層游移，我知道命盤終究不代表一切。讓我真正理出自己的，也許更多是在文字裡的時候。我始終是相信文字的人，然而當在文字中直面自身，許多痕跡、圖像如沙一般浮現出來，它們是我嗎？也許是我也非我，但其中有真實。

這本作品集以某篇年少寫下的文章「地底下的鯨魚」來命名，寫下它的時日距今已十分遙遠，裡頭的心情與人在當時非常重要，然而隨著時日漸漸被擦拭。現下我更願意將這個名字視為對自我的探求，用鯨魚優游的姿態潛入地底，去看那些根、巢穴、腐壞，堅韌或柔軟。

地表上的事仍全都在行進，無論是謊言、傷害、病毒，還是真實、溫柔與陽光；在地底游過的鯨魚，將會浮出，以更清晰的姿態穩住、行走、奔跑。

謝謝促成這本書的所有人，謝謝那僅有投影機散發出微光教室，許多人的字、聲音、臉龐在白色布幕上流動，全都瀑布河流般地侵蝕、洗刷著我。謝謝所有空曠如草原的時日、每條夜裡通往清晨，浮晃著光亮的路。

輯一——掘土拼圖

「他們只靜靜的淌在我的血液裡，等我死的時候再死一次……」

——《對照記》

蟲之拼圖

經常獨自走著，在這個世界，在深沉的夢裡，在平凡不過的街道，有時候我會讓雙眼自然的接收周遭物事，像是讓冰涼的河水溜過鵝卵石，清潔的水流沿著眼睛的紋路漫過並且滲入，好像心裡能夠變得透明；有些時候我會低頭看腳下的道路，那種鋪磚的道路，一大片在我眼前展現，延伸至前方，像在遠處敲了一次鐘，發出清脆的聲響，那些磚讓我想起兒時的拼圖。

兒時的拼圖是如此容易，只要將相近色彩，有邊無邊的分類，便可輕鬆的完成一幅拼圖。長大後才發現拼圖簡直是件奢侈的活動，我們沒有太多的時間等待一幅拼圖的緩慢完成。

一股強烈的感覺湧上心頭，覺得自己是一幅永遠無法拼好的拼圖。那些缺漏的片段四散在這個荒涼世界的各方，或許偶爾能夠撿拾到一兩塊，但是永遠無法彌補那塊龐大的空缺，像是被煮成湯圓的半屏山，遺失的部分已經被吃了，在不同人的肚腹中化為碎屑，經過胃液消化成一種不堪的穢物。

這些在我身上眾多的缺口彷彿是被蟲啃食的斑爛葉子，於是漸漸地，我成為了蟲，不再是兒時那個能夠輕易完成拼圖的自己。

第一次讀卡夫卡的《變形記》時，幾度放下書本。因為在那隻變形的蟲之中看見自己的形貌，這種感受深刻地烙印在我心中，滾燙得發紅。我很想寫一封信給我的父母和他們說：「真的感到很抱歉，但是你們的女兒其實是一隻蟲，我愛你們。」

「你說了這麼多，蟲究竟象徵著什麼？」我說我也不知道，或許蟲的象徵可以有許多種，生物意義裡的蟲，經常是一種令人嫌惡且渺小的存在，毛蟲還未成蝶時，那蠕動的環節身軀總為人唾棄，而牠一日未成蝶，便終日為人稱蟲，彷彿蟲與蝶是兩種全然迥異的個體。一種可存在可不存在的活體，沒人會關心一隻蟲的去向，雨天譁然出現的蟲子，在雨後又譁然而逝，沒人會深究牠們從哪個縫隙出現，又從哪個角落消失。

或許父親早就領悟到，世界不過是一只箱子，我們全都是蟲，在雨天來到這個世界，雨後又全都譁然而散，總是要消逝的。

所以他的神情總是黯淡。當初他反對我繼續念研究所，他認為到外頭面對尖銳的現實更為重要。而母親不一樣，她用 line 傳來可愛貼圖：「不管怎樣，媽咪都支持你！」父親的反對使我意識到，雖然我是一隻蟲，不管多麼渺小，仍然有屬於自我的生存意志，甚至激起心中欲成蝶的微渺火焰，火焰燒出奇異的倔強：想抵抗些什麼，保護些什麼。母親的可愛貼圖卻使我感到深深羞愧，簡直想拉起泥土被子，永遠藏在裡頭。

「聽起來，變成蟲是一件既無奈又悲哀的事囉？」我說當然，誰不希望成蝶，擁有絢麗斑斕的羽翅，與甜蜜的花朵為伍呢？「那是否，蟲只是成蝶前一個必然的階段？」我說那是不同的，從人退化成蟲，和蟲蛻化成蝶是完全不同的，雖然讀音都為ㄊㄨㄟˋ。

想起那天在廊道上看見的蟑螂，人們通常不把牠歸為昆蟲而為害蟲，牠被噴了殺蟲劑，橢圓的蹣跚軀體掙扎於白色泡沫中，六隻短小噁心的腳朝上空揮動著，我趕緊將眼光收回，彷彿眼光多停留一刻便會髒去，然而下一秒我感到無限悲哀，那蟑螂掙扎的模樣不正如自己狼狽的樣態嗎？我知道再過幾秒，牠便會在白沫中安靜下來，並且永永遠遠的安靜，好似牠從未來到這個世界，且牠死了，還有無數隻一模一樣的同伴可以替代牠。

我很感謝弟弟，他不像我一樣裝滿奇怪的想法，並且漸漸成為蟲。至少，兩個孩子中，有一個順利地依照著課本上的人類演化圖，成為一個正常的人類，開朗的青年，足以安慰父母的辛苦與對孩子本能的期盼。弟弟的拼圖是完整的，並且能夠無限的沿著地球的弧度綿延成更絢爛的圖案。正常的人類擁有完整的拼圖，並且講正常的語言，正常的語言裡總是有關數字，弟弟的眼神像日出，金黃金黃，陽光少年，生菜沙拉般的閃動亮眼水珠。

有時我會想，也許當初聽從父親的意見，就讀軍警學校，謀個穩定如老樹的職業，讓生活簡約的剩下指令、工作與日常，而非滿溢的幻想與思考，就不會經常感覺荒涼與狹窄，讓身上的空洞如細胞分裂般增生，而漸漸成為蟲了吧。我的心中充滿抱歉，對不起，爸、媽。

曾經不解父親，氣憤他對生活總是表現出一副漠然的態度，後來才明白，其實父親也成為蟲了，他也曾在蟲與人之間掙扎，成為補習班教師的父親，並非名師。這個職位對父親而言，是一個工作而已，談不上喜歡或不喜歡，熱情與否，是一個坑，必須填滿。

曾為父親面對生活的消極或神經緊張感到憤怒，與他口水爭辯，「生活不是這樣子的！」當時稚嫩的我，用一種初生之犢的氣勢與父親抗衡，我大聲說話，我說：「為什麼要逼我把我的生活裝進你的盒子裡！」沒吼出口的是：你憑什麼！父親總會用更大的吼叫聲蓋覆我的聲音，沉重的鐵黑壓下。當時的我邊哭邊躲進廁所，啪！一聲把門關起來，在裡頭用力地哭，像在擰一條永遠也擰不乾的抹布，然而沒有哭出任何一點聲音，用無聲持續與父親抗衡，誰先出聲誰就輸了。

所以父親從不明白，我內心有多少水分，總是需要不斷地擰，不斷地擰，那些帶著汙漬的黑水，一滴他也沒有見過。這樣無聲的抗衡持續著，像一場永遠無法結束的抗戰。領悟到父親也成為蟲的一員，已經是很久的事了。

我經常與友人H提起父親，內容大多是抱怨，一提起便如暴雨般，稀里嘩啦湧出，氾濫成心底的災禍。也許是因為常常掛在嘴邊，許多父親的事反而記得更清楚了，像是一個過度擦拭的櫃子，在回憶裡散發出清晰而森冷的光。亦是在童年時期，記得有一次父親回家，手上拎了雙紅色的拳擊手套，母親提高嗓門：「你瘋啦？買這個做什麼？」父親當時笑嘻嘻地說：「打拳擊呀。」此後，我便經常看見父親在家中狹小的客廳裡揮動紅色拳擊手套。很長一段時間，這件事情，這個畫面就像沉入我心河內的沙土般，河水冰涼流動，沙土越掩越深，然而某天，這個畫面又忽然翻身而起，穿越浪一般的時間來到眼前，竟是如此清晰，這個畫面出現時，心頓時揪緊。

後來父親不再戴著紅色拳擊手套揮拳了。

父親的房間裡有一小角落被拿來置放家中的雜物，在某一次過年前的掃除時，我在舊袋子、絨毛玩偶、大紙盒下方看見那個紅色手套，父親淡淡地說：「扔了吧。」我忽然明白到父親當時的揮拳，並非只是為了一種偶發的興致，或是看了電影《拳王》後的一種角色扮演。

那雙紅色手套出拳處正是生活的肚腹。

我和H說著，眼裡湧出一片淺窪，裡頭有父親小小的，被水波折射的扭曲的倒影。

父親他，也曾經對生活抱有如向日葵般追逐陽光的熱忱，他也曾年少，也曾經在夢裡畫圖，那些圖是繽紛的，如兒童樂園裡的氣球那般，他也曾經擁有一幅完整的拼圖。在我有印象以來，父親帶給我的印象一直是嚴肅、拘謹、不苟言笑，外型枯瘦、乾黃，眼神銳利，像所有童話裡夜晚森林的樹木。母親常說：「你爸年輕不是這樣的，他是個幽默的青年。」我怎麼樣都無法相信這番話。

後來為了寒暑假時補習班小朋友們的娛樂，買了台投影機（當然是在母親的堅持下），讓他們看電影開同樂會，平日便擺在家中，成為父親最好的朋友。幽暗的客廳裡，投影機吐出一道筆直的光，塵埃游動，牆上電影的色塊反落在父親臉上，母親無法專心看完一場電影，她像個活潑的少女坐不住。於是父親獨自搬了張椅子，便偎在那些不斷變換的光彩下看著那些畫面，那些光線將父親燉得糊糊的。

我是在那時確定父親成為蟲的。那些落在父親身上的色彩宛如咒語，每看完一場電影，父親便更接近蟲的形貌，而父親幾乎日日躲在電影裡，我猜他大概想尋回年輕時夢裡的顏色。

但父親終究是無法尋回那些色彩，他放下紅色拳擊手套，放棄對現實揮拳，他屈服於生活，生活中有什麼，有一串數字，每個月準時提醒著父親，現實，現實，現實，除了現實還是現實，現實裡有什麼？有一個和他一樣成為蟲的女兒，並且和他同樣喜愛將自己浸泡在（電影）故事裡，除此之外，她還總想著人生狹窄的問題，企圖在現實中出走，感到現實荒涼。

我看見現實與生活變成一條巨大的蟲啃食著父親體內仍翠綠的部分，父親的軀體也產生了一個又一個的窟窿，這些窟窿裡裝載的只有敗草與冷風。父親的拼圖也散落了，隨著蟲的孳生與啃咬，自己也成為荒地裡一隻緩慢爬行的蟲，永遠無法拼好一幅完整的圖。

我想，父親終其一生都不會有機會認識卡夫卡，不會知道自己成為蟲，並且不會理解文字，他那個成為蟲的女兒經常啃噬與吐出的文字，她在空洞裡編織文字，那甚至是她目前擁有最大的一塊拼圖。父親出生的年代僅教導他們如何過填充日子，並不教導他們真正的揮拳方式，他不曾真正看見過自己的內心黏附著多少空洞。

有些時候我會想，若父親生長在不同的環境，他或許會成為一名優秀的詩人吧，他總是披著憂鬱的神情，旅遊時經常脫隊，在遠處眺望風景（他也曾經想過散落的拼圖的事嗎？），父親以為我們不會注意的吧，但事實上我都看見了，那張憂鬱的神情被摺得小巧密實，彷彿是什麼重要的密碼，而我只是不忍輕易將它攤開。

回家的那天晚上，我突然驚醒，天還未亮，窗外灰白色的光像一隻甫破蛹的粉蝶，我如蝴蝶破蛹爬出棉被，飛到父親房間門口。枯瘦的父親，彷彿在那軀體上看見黃斑，他縮在床邊背對著我，受僵直性脊椎炎催壞的脊椎弓起，那弧度確實像蟲。我在灰白色的光線下凝視父親，忽然又感到抱歉，同樣為蟲，總覺得自己比父親幸運一點嗎？認識了文字，還能在生活苦悶時為自己吐一些銀白色的絲，或是在我們同樣感到世界的荒蕪時，我還能夠躲進心裡織就的繭。

窗外灰白矇朧如夢，我想起與父親無聲的爭吵，以及那些曾經的不諒解，橫在我與父親之間，那一個又一個的結，想起方才的夢，裡頭有一個小小的嬰孩父親。

突然之間，很想很想與父親分享我的一切，我所看的書，我所看的電影，我所寫的字，我拿起書櫃上的一本小說，坐在門口讀了起來，彷彿我是一位母親，正以所有母親都會對孩子抱有的愛與期待，念一則金亮的床邊故事，並且牽著他幼小而柔嫩的手，將某一塊閃著光亮的拼圖放入他的手中。

（本文獲二〇一四年中興湖散文獎首獎）

僵病

走進那迷宮般的醫院，空氣中盤踞著淡淡的赭黃色，地上卻不搭合的黏貼著紫黃紅綠藍鮮豔而繁複的路標，緊緊依附著紫色路標走，還是在中途迷了路，最後終於來到位於四樓的門診。等待叫號的時間漫長得恍若停擺，我坐在綠色塑膠椅上，身邊充滿一同等待叫號的人們，魚類般睜著的渾圓雙眼，由圓心朝外，一圈一圈散發出規律而明顯的無奈，彷彿聞到一股濕黏嗆鼻的腥味，打了個哆嗦，低頭打開手機。

照片庫裡的照片有兩千多張，我喜歡快速地滑動，停在一個想要回去的記憶，一次又一次從現時抽離，也像逃跑。照片能夠把所有腦海中觸鬚般擺動的細節都召喚出來。人類是拖行著記憶行走的生物。

但這龐大的照片中有一個區塊，每次指尖滑過時，總會加快速度將它們全速掠過，飛鳥遇見敵人那般奮力鼓翅逃亡，如同一個站滿持槍衛兵的禁區。那是父親與我極少數的照片。那些照片很難讓人下定決心好好停留，就像蝴蝶逐花朵而棲，不會停佇在長滿刺的仙人掌上。

尾椎傳來一陣酸楚，提醒我坐在這醫院塑膠椅上的原因，也基於這個理由，我忽然決定好好的停在那區照片上，仔細的一張一張觀看，然而指尖卻還是快速滑動。這還是一件有些困難的事，總下意識想將那記憶整片剷平，抹除讓心臟微微壓迫的感受。

那些照片是極為罕有的，我與父親單獨出遊的照片，有父親替我（或我替父親）攝下的獨照，也有現場工作人員替我們拍下的合影。其實說是出遊，也不過是約莫一兩小時的相處。那次與家人來到華山文創園區，父親因嚴重的僵直性脊椎炎持有身障手冊，帶著我以優惠的票價進入「顛倒之屋」。（若非有優惠價格，平日儉省的父親興許是不願意進到展區的吧！）那是一幢以粉紅、鵝黃、蘋果綠、Tiffiny綠、海水藍等馬卡龍色系建造成的一個顛倒房子，屋頂朝下，底部卻懸升於天空中，一看就知道是為了吸引遊客拍照打卡的建築。父親帶著弟弟去看柯南展，卻帶我去看顛倒之屋，可能認為女兒勢必對這幢造型可愛的房子懷有興趣。而我卻是因為不好意思拒絕父親的邀請，步入那幢屋子。

屋內果然和想像中的完全一樣，成群而喧鬧的遊客排隊等待拍照，反轉的廚房、飄升於頂上的廚具、廁所、孩童房間、客廳、臥室，最後還有一台懸升於頂部的倒立車子，環繞在一旁的吱喳人群，將我與父親的沉默啄出顯眼的隔閡，像兩枚白襯衫上被縫錯的釦子。前方與後方的情侶、少女少男們皆興奮地舉起手機自拍。

排隊等待在各個顛倒空間拍照的隊伍相當壯觀，工作人員極力保持耐心指揮群眾，並且替每一組遊客拍照，遊客們在顛倒的馬桶或餐桌下瞪大雙眼，皺眉，手臂朝上，擺出誇張至極的pose，有些則三五成群的擺陣，呈現搞笑畫面，惹得滿臉倦容的工作人員綻出一絲微笑。

我在隊伍後頭擔心著等會兒與父親，必定很乾的合照，父親則是如鳥類般頻頻伸長頸部、瞪大眼睛，想知道究竟快排到我們了沒。

「先生您的手機剛剛lag，好像有點當機喔。」工作人員朝著我們揮手。

「用我的吧。」我快速的從包包中抽出手機。

「站近一點喔。」工作人員提醒。

我和父親在一製作精美的反轉客廳下侷促的靠向彼此，一旁有看似往上漂浮的報紙、杯子、電視與櫃子等等。

「好像有點模糊，可以再拍一張嗎？」父親微笑的向工作人員說。於是我們又回到原位，不尷不尬的被鏡頭捕捉。

其餘較冷門的拍照景點，我與父親相互為對方拍照，我極力保持手部穩定，盡量不讓照片因晃動出差池，這樣就不用再多一次的拍攝。心中有些情緒隱隱抗衡著螢幕，還是不習慣鏡頭中出現父親，況且是單獨一個父親。

叫號的麥克風聲音傳來，還未輪到我，抬頭環視周遭，周圍的人仍有些神似魚類，診間上掛著小小的牌子：免疫風濕科。我繼承了百分之十不大不小的機率，父親的僵直性脊椎炎基因。血緣便是這麼奇妙，在不同的容器中，流著看不見的牽繫。

我關掉看到一半的照片，將螢幕切換至google，又一次強迫症般的查詢起僵直性脊椎炎的症狀：

僵直性脊椎炎是一種自體免疫疾病，它與類風濕性關節炎類似的是，患者體內同樣會產生抗體來對抗自體組織，並造成關節與結締組織的破壞，嚴重者黏合形成竹子型脊椎。

診間內，醫師指著電腦螢幕上的X光片。

「骨盆有一點傾斜，薦骨腸骨關節已經開始有輕微鈣化的症狀，但還不嚴重。」

我盯著黑色X光片上，看似微微發出白光的骨骼。

「你的脊椎還是一節一節的，能夠彎曲，如果病發的話，會像這樣——」醫師移動滑鼠，打開另一張X光片，一壠已經被黏液侵蝕的脊椎，僵直的顯現在我眼前，已經失去脊椎所擁有的伸縮與彈性，像一道壞損的軌道。我想起父親平日極好辨認的走路姿勢，背部不自然的輕微前傾、雙臂有時會微微向上抬起，彷彿為了緩解疼痛，不知道他的X光片長什麼樣子呢？

持續盯著那黑白的X光片，想起大學離家以前與父親之間毫無色彩的關係。性格如軍人的他，做事一板一眼，不能接受我對他說任何一聲「等一下」。國高中時由習慣早起的他準備早餐給我和弟弟，總是牛奶一杯、白吐司、荷包蛋或水煮蛋，香蕉一根，每日列隊般整齊的出現在餐桌，我經常在這單調的桌子上無故和父親激烈爭吵起來，搭校車上學的途中臉上經常掛滿淚水。

又或是在記憶中呈現灰黑色的，家中經營的補習班，有一次，還是國小生的我因為和同年級的小男生嬉鬧，不小心抓傷對方，對方的爺爺找上門來，父親不由分說地在眾人面前拿起木板將我打得滿身傷痕瘀青，那些傷口的形狀顏色，淡化後卻深深的滲入體內。

很長一段時間，我怨恨父親，害怕單獨與他待在家裡或同一空間，害怕空氣中凝滯的尷尬，畏懼他嚴肅的面部表情，一聽到他的腳步聲，便如貓一般機敏的將全身繃緊起來。許久之後，我才漸漸理解父親並非冷酷之人，只是將情感全部收束起來，以堅硬如甲蟲般的軀殼去支撐家庭以及面對兒女。

「僵直性脊椎炎是由自體免疫引起的，也就是說身體裡的免疫系統叛變了，把自己體內不是細菌或病毒的東西當成細菌或病毒來攻擊，所以才會引發各種疾病。」醫生細心的解釋著。我忽然領略到蘇珊．桑塔格所說的，疾病的隱喻，而我與父親的病，是一種屬於否定的病，懷疑生活、否定自己，畫下很多叉叉，好的壞的一併刺破。

我彷彿看見父親身體裡，一個呼著風的孔洞，那是自我對自我過度攻擊後所產生的。而那樣的孔洞我也隱匿的擁有著。

脊椎傳來痠痛的時候，好似有某種頻率與父親是共振的。想起返家時，總看見父親坐在客廳沙發上，扭開收音機聽音樂或廣播，讓聲音流滿整個空間，彷彿這樣才能容忍生活中隱埋的一種極深的無聊與乾枯，有時也拉起窗簾，在昏黃的光線中用投影機播放電影。忽然理解，如此拘謹嚴肅的父親內心對於潰散有多大的恐慌，我只是繼承了他的其中一項疾病，而他除了脊椎炎，還有甲狀腺亢進，脖子上有一痕蜈蚣般的疤，開過刀病情仍未好轉，早些年則因打針感染肝炎而差點離世，但我想父親最大的恐懼還是來自生活，那一口一口噬掉一切的日子。

有天晚上，母親與我通電話，她說：

「我跟你說喔，你爸今天發生一件奇怪的事耶，我前幾天跟他吵架，我們就冷戰啊，今天天氣比較涼，我拿了一件外套給他，結果他忽然大哭起來，哭了很久耶，他跟我說：『我覺得很對不起你，這麼多年來，補習班幾乎是你在撐，說要帶你去日本也沒帶你去⋯⋯』」

我淡淡的說是噢，但內心卻一點也不意外，雖然我從沒看過父親堅毅的臉部落下淚水，而且據母親描述，還是傾盆大雨的類形，彷彿將體內累積太久太厚的雲層一併釋放。

「唉，你爸喔，不知道是不是前陣子跟他以前的同學見面，看到大家都在國外工作，很有成就，覺得自己一事無成。我就去抱住他啊，跟他說不要想這麼多啦。」

母親曾給我看過一張父親年輕時的照片，照片中的他是當兵前，還未因受傷而誘發脊椎炎，帥氣而自信的蹺著腿，坐在湖邊灰而大的石頭上，嘴角上揚，頭髮蓬鬆蜷曲，身材看起來十分壯碩。母親常說父親年輕時有好幾次被誤認成周華健的經驗，一直到看見這張照片，我才徹底相信。

歷經這麼多日子，對於父親的畏懼與怨恨已經漸漸退潮。在鬆軟的沙灘上我看著父親不穩的足跡，明白到他只是太盡力地，想用他早已被黏液侵蝕而變形的脊椎去撐起父親這個角色，撐起這個家庭吧。

離開診間，移往另一個大廳等待藥物，這整棟醫院都給我一種沙漏的感受，好像這裡頭的所有都一直在流逝，緩緩的向下消失，想起方才在診間看見的X光片，醫生所說的話，好似窺見父親內在某一片晃動的景致。我換到另一些皮沙發區，又是一次的等待。再度將照片庫打開，照片停在一張我與父親在顛倒的廚房下拍攝的照片，我們都露出淺淺的笑。決心好好把照片看完，指腹慢慢滑動著，一直到最後發現居然有一個影片檔，可能因為我從未好好觀看這些照片，從來不知道這裡存在一個影片檔。按下三角形播放鍵，畫面一陣閃晃，傳來當時現場喧鬧的聲音，許多雙腳在行走，但因晃動厲害，只知道我與父親的雙腳必定也在這模糊成一片的畫面中，一個聲音傳來：「手機給我，我幫你拍。」是父親的聲音。影片中，畫面往上，出現了父親那瘦弱的臉龐與上半身。

父親朝我舉起手，接過手機。

這個畫面卻讓我想起另一個，因為下意識的隔離，幾乎快要遺忘的記憶。

那是有一次我們全家在傍晚陰涼時去爬山，卻因沒有掌握好時間，下山時天色已經非常黑了，某一段路中出現一個大坑洞，上面架著木板，父親打著手機裡的光線，第一個走上木板，朝我伸出手：「來，我牽你吧。」那是記憶中唯一一次與父親形體的接觸，已經忘記父親手部的觸感，只在事後偶然幾次想起時仍感到掌心滲出溫熱的汗水。

（本文獲二〇一七年教育部文藝創作獎）

雙繭

母親和我都擁有一顆繭，兩顆相似的繭，懸掛在如此相近卻又遙遠的地方。

小的時候經常跟著母親走路到許多地方，那時候的我只是懵懂地跟著，挪動雙腿，撒出一個又一個的腳步，但並不明白走路背後的意義。後來長大了，我知道道路這樣的東西，是可以帶人到達更遠的地方的，如一個輸送帶，彷彿走著走著，就能抵達一個嶄新亮晃的明天。

當時和母親最常去的地方是離家不算遠，卻也有些距離的黃昏市場，母親會緊緊牽著我的手，一邊舉起翠綠的青菜，或指著一塊鮮紅的肉微笑地問老闆：「這個怎麼賣呢？」回想起來，母親上市場買菜的速度向來是緩慢的，她總是側著身，如一隻蟹伸長手臂，在一大片堆疊而成的蔬果中東挪西移，堅持揀選出最好的。兒時的我總是不耐煩的在一旁吵著要買養樂多或枝仔冰，對母親的苦心一點都不知情。

記得那段時日總是天天與母親在傍晚時出發到市場，光顧一些熟悉的攤販，與母親一起拎著許多紅色塑膠袋走出市場，外頭的街道大都已經籠罩在一片昏黃，有時母親獎勵我乖巧，會買一瓶養樂多給我，我會一邊吸著酸甜的養樂多，一邊抬頭仰望母親。母親的臉龐在夕陽橘紅色的光暈下，流淌出一種滿足而祥和的神情。當時的我並不明白母親的神情，一直到後來我才明白那樣的神情是因為母親對於家庭有著深深的愛。

對年幼的我來說，那是一段長而又長的路，尤其在黃昏橘紅的餘暉下，垃圾車又在一旁若無其事地唱著〈少女的祈禱〉，那樣的氛圍總讓人感覺我和母親會一直在夕陽中無止無盡地走下去，會一起散成兩枚籽一般的小黑點。

後來的我當然不再經常與母親一同走路，但獨自走路時總會想到母親，也許因為母親是一個不會任何交通工具，只能倚賴走路緩慢移動的人。

還記得那是一個從學校返家的下午，我輕巧地扭動鑰匙，拉開鐵門，因為知道這個時間，家裡可能會呈現一座睡眠古城的姿態，纏繞滿藤蔓。我小心地打開母親房間的門，陽光被玻璃窗上藍色格子的窗貼吃得霧霧的，光線微弱地灑在把母親裹住的米白涼被上，「好像一顆繭」，望著這樣的情景，我忽然驚訝的意識到母親一直都是被繭包縛著。向來淺眠的母親悠悠地醒來，瞇著眼睛問到：「你回來啦，幾點了？」「五點半了。」母親迅速地從床上彈起，戴好眼鏡，如一陣風般便出門了，一邊不住地碎念：「怎麼這麼晚了，好菜都要被買光啦。」

母親的人生好像一直是這樣的，總是在為他人、為家庭奔走。有好幾次母親指著帶黃褐色斑點的老照片，告訴我相同的故事。

「以前阿公經商被騙，我們家一夕間從很有錢變成被人討債的，那時阿公阿嬤都逃去避難了，家裡只剩下我和阿姨跟舅舅。」講到這裡，母親總會停頓一下，彷彿要吸飽足夠的氧氣，才有辦法繼續說下去。

「以前我們家的廚房有一個洞，只要把垃圾丟下去就可以直接連接到大子母車，那個洞很黑，看起來很深的樣子，好幾次聽到外面討債的人用力敲門大聲吼叫時，我都好想直接從那個洞跳下去。」

那時的狀況如此絕望，但最後母親沒有跳向黑洞，望著年幼的弟妹，決定振作起來，她知道需要一條穩而踏實的路，去衝破整個家庭所深陷的泥濘，身為長姊的她背負起所有經濟責任，放棄了熱愛的美術，搭架了一條實際可行走的路。從那時起，母親開始走許多其他人的路，那些路全都飄升起來，將母親包圍，繭的雛形便從此織就了，那是一顆由他人的路徑所纏繞而成的繭。

家中餐廳的牆壁上，曾懸掛著一張母親的水彩練習畫，所繪物是平凡不過的蘋果、香蕉、梨子，和一個透明的厚質玻璃瓶，全被一張藍白格紋的桌巾托著，仔細看能夠看到水果上那些天然而細膩的紋路，然而我認為畫得最好的地方是光和影，一幅畫如果能將光影畫得動人，那麼就是成功的，因為光影遠比實體物要能訴說更多，母親的畫是極好的。

看著這幅光影婆娑的畫，忽然傷感起來，母親已經不再畫任何一幅畫了。那張褐黃色的照片裡，猶是少女的母親露出靦腆的笑容，那是一張與我極為相像的臉龐，直到今日，不管走到哪，都有人為我和母親的相像發出驚呼：「唉唷，簡直是複製人吶！」我看著照片中褐黃色的母親，升起一股怪異的感覺，當時的母親是另一個時空的我吧，先在我出生前為我分擔了許多苦難，她幫我走了許多別人的路，讓我可以安穩地走在自己的路上。

這樣的念頭來臨時，龐大的罪惡如一朵極厚的烏雲飄忽而來，它不釋放水分，只是安靜地展現它灰黑而沉重的軀體。我的出生一定使母親走了更多更多她並不想要的路吧，我想像瘦小的母親在肩膀上挑起一條又一條的路，那是一個又一個不斷衍伸的現實責任。那些路並沒有依照它的特質，將母親帶到更遠的地方，只是將母親束縛在同一個位置，那是一顆永遠無法破開的繭，沒有豔麗的蝴蝶能夠成功地羽化飛出。

然而與母親相同的不只面容，和母親一樣，我也成為一個走路的人，像是母女之間一種緊密的連結，往後的日子我也不斷地在走路，依賴雙腿緩慢地移動。我知道自己也有一個和母親一樣由路徑構築的繭，然而和母親不同的是，這顆繭所纏繞的路都是極為私密的，所有的路都是我願意走的，我的繭十分潔白而安靜，沒有任何一個人可以進來，那其實是一顆自私的繭。

我和母親是如此的相似，然而我卻遠比母親幸運太多了，我的繭仔細的保護著我與我的自我，還有一個破蛹而出的願望，而母親則像是被繭圈圍了起來。

兒時的我和母親一樣喜愛繪畫喜愛音樂，從小母親便帶著我一步一步走到隔了好幾條街的才藝班，讓我學了好幾年的畫，學習音樂，後來我才知道那幾年家中其實陷在一個巨大而黑闃的經濟危機中，母親甚至偷偷變賣了許多嫁妝，才得以讓整座脆弱的家庭咿咿呀呀的重新運作，那些上才藝班的費用均是母親用力扭擰生活與自我，勉強擠出的幾滴金錢。

後來我喜愛上文字，執意念了中文系，母親仍無條件的支持著，幫我與父親談判，她總是用一種溫柔可愛的語調，猶如她經常傳來的俏皮貼圖：「不管怎樣，媽咪都支持你唷！」經常，面對母親寬容而無悔的愛時，總是羞愧得無地自容，因為我實在不知道我所堅持的那些，我珍視的文字，究竟能帶給母親什麼呢？

我總是這麼感覺：母親為我、為太多人犧牲太多了。然而堅持下去的自私念頭仍然拉扯著我，「繼續走下去吧，走下去吧。」我坐在自己築好的繭裡，那些絲線是路，是我一步一步走出來的，我固執的自我安靜而倔強地坐在裡頭，許多時刻，我只想要躲在這一顆潔白的繭裡，我想要離一切遠遠的，在裡頭擁抱自己、孵化文字。

但是為何我可以擁有這些？經常在母親睡著後，在鵝黃色的小燈下，凝睇著母親那張與我極為相像的臉龐，我會想，母親其實是這世上的另一個我，但為何她就該承受那些痛苦呢？

兩顆相似的繭，懸掛在如此相近卻又遙遠的地方，生命的路途讓人迷惘。

母親確實在繭中，錯過了羽化的機會，我經常望著母親滿身廢棄的才華，內心刺痛起來。母親成為一名補習班教師，並不是說這職業有何謬誤，而是我總偷偷地認為母親有更好的路可以走，那雙柔軟而精巧的手應該握著畫筆，應該要為這個世界增添更多輪廓與色彩，而不是日日握著批改作業的紅筆，並且逐漸的僵硬了。

「這種病叫做扳機指。」穿著白袍的醫師說著，「一種以前軍人練習射擊時扣扳機的次數頻繁造成手指屈肌腱的狹窄性肌腱鞘炎。」「這種病會好嗎？」我擔心的詢問著，「不一定，要看休息與復健的狀況。嚴重時，可能要開刀。」我陪伴著母親在一群老人堆裡做蠟療復健，母親將整隻手放入滾燙的紫色蠟油中，「好燙。」我心疼地看著母親的手，擅自將母親的話語衍伸了更多。

或許母親緊握的紅筆也如一支槍，在滾燙的生活中，母親必須時常扣緊扳機，生存練習。但生活遠比射擊還要困難得多，那是一種慢性的磨損與消耗。我彷彿看見繭中的母親，她的翅膀已然垂落。

我想像母親獨自前往市場採買蔬菜水果的模樣，那些沉甸的生活提袋。在所有採買的物事中，母親對水果尤為堅持，她無法忍受家中擺放水果的竹籃有空置的一日，那是她認為生活，認為一個家庭該有的模樣，一籃新鮮健康的水果。母親的手就在一格一格的生字練習簿和一袋又一袋的水果中漸漸沉痛而僵硬，無法伸直。

生活裡的槍，日子的燙，路徑的反覆無聊。母親其實抱怨過，但卻再也無法褪去了。

那日回到家，趁母親午睡之時，我在儲藏間裡找到那幅繪滿水果的練習畫，我輕輕的將上頭的灰塵拂落，母親當時細緻描繪的光和影，明亮而深刻的在我眼前浮現，我仔細的將它懸掛起來。

四點半的下午，我將母親搖醒：「媽，你不是說要去參加婚禮嗎？陪你去百貨公司買衣服吧！」「可是，我還沒買要給你帶回學校吃的水果耶。」「不用啦，我在自己去買就好。」「你哪會買啦！」母親仍然選擇去了市場。

水果攤懸掛的昏黃小燈將我們極為相似的臉龐拉攏得好相近，「這香蕉還能放嗎？我要給女兒帶到學校吃的啦。」一陣喧囂的叫賣聲中，細柔的關鍵字飄進耳裡，那是我可能一輩子都無法想像去擁有的稱謂，一個女兒，一個孩子，我知道自己是無法和母親一樣無私的。而母親始終將早已長大的我當作日日去學校上學的孩子。

我在母親身旁微微顫抖，忽然明白到，所有畫布上的光影和細節都會消逝，只有擺在竹籃裡，或那些打包好的，要帶去「學校」的水果會真正留下，然後消化與排泄成生活真實的樣貌。

涼涼

豔陽無聲地在天空播放光熱，大片的黃土被曝曬宛如失色的昨日，成為一種荒涼色調，我們像被放在一只比熱不大的鐵盒中，經過光的悶烤，留下大把稀疏而焦燙的腳印。

那是後來我憶起那七日的所有印象。

一直在生活裡為自己保留一條涼涼的河，裡頭充滿七彩魚群，河床布滿奇岩怪石，當我感覺到周遭事物凝固成沙漠，就打開掌心順著最長的那條紋理便得以找到那條河。我把手指放在裡頭，全身便窸窣地爬滿河水，也成為一條可以裝載波動與粼光的河。但也有些時刻，打開掌心時發現什麼也沒有，河便那樣消失無蹤，像是駛入一個沒有出口的山洞，或是有時發現河泛出一塊塊瘀紫，病得嚴重，飄滿各種垃圾與髒汙，我想是因為豔陽的緣故，那些過熱的光燒燙了河流。

我在河流裡想像過死亡，也在河流裡看見波光閃動的，模糊的死亡，那癯瘦、筆畫不多如枯枝的字眼，死亡究竟是一件冰涼還是灼熱的事？

那七日前我還是一隻魚，一條河。手機忽然鈴鈴的宛如一根釣竿將我拉出河流。濕淋淋的來到朴子殯儀館，亡者是我的阿公。因為體質特殊的關係，從小就被隔絕在死亡場合之外，所以這是我第一次來到殯儀館，在這之前，我一直認為殯儀館應該是四周布滿鐵灰色的環境，並且與它首字的「殯」有著雷同發音的「冰」的溫度特質。

不確定都市裡的殯儀館和鄉下的殯儀館是否有太大的差別，但我眼前的殯儀館和我想像中的，幾乎以悖反的樣貌出現，大片的黃土空地，五個小隔間，每個隔間前都擺著彩色燈籠，我們的阿公被置放在第一隔間。

從親戚的眼神與口氣中，能夠看出他們因為我與弟弟必須幫忙家中補習班代課而晚到一日略帶責備態度，但他們不明白這不是一個捲起攤子就能結束的工作，一時之間實在找不到代課老師，我想他們認為我們是無情的吧。平日在市場賣火鍋料、壯碩且面目黧黑的嬸嬸，用她習慣的粗亢叫賣嗓門將我與弟弟指引到布簾後，我們跪著爬了進去，呼叫著阿公，阿公。嬸嬸打開冰櫃，一股涼意飄出來，阿公那已在過年時就形同木偶的臉龐與枯瘦的身軀在我眼前顯現，只是色調又蠟黃了些，眼窩更往內陷，冰櫃蓋上，我們再跪爬著出去。

布簾外一群堂弟妹們圍坐在方形鐵桌旁摺蓮花與元寶，我和弟弟很快地加入了蓮花元寶的生產線，簡直和蓮花一樣沉默無語，我開始想像方型鐵桌是一個池塘，蓮花漂漾在上面的樣子。後來，年紀稍大的堂妹們與我們有一搭沒一搭的聊著，聊到後來她們總會說：「你們真的好會讀書喔。」語氣中的實質溫度不詳，想起從以前到現在，確實與堂弟妹們不甚親暱，雖不至交惡，但以前我與弟弟因為背負著太多升學考試的壓力，因而錯過了許多和他們玩耍相處的時間。在他們眼中我與弟弟是稀奇的異類。我機械式地摺著蓮花，以及自己的單調索然，一邊看著反射在鐵桌上的陽光，汗珠從右側脖子滑了下來，起身走到設置在外頭的洗手間。

十分燠熱，十分難耐。

往生紙的觸感停留在指腹，如烏鴉黑色乾枯的鳴叫。

洗完臉後，從口袋裡拿出手機，發了封信給S，S在很遙遠的城市漂泊，那裡正好是冰白的冬季，我想像S穿著黑色大衣戴著針織毛帽佇立於雪地的樣子，這樣的形象著實對於現下身處悶熱鐵盒中的我帶來莫大的安慰，很多話不打開S的信箱是無法成形的。

「你好嗎？那邊好嗎？我在南部，阿公往生了。羨慕你在充滿雪的世界，白色是很美很安靜的顏色吧。我這邊有很強豔的陽光，感覺自己好像在沙漠一樣，見到許多紛雜的人，我們聚集在一起為同件事情哀傷，穿著同樣的黑服，同樣流著汗，好像彼此有了深刻的交疊，在豔陽下形成一個龐大的黑影，彷彿有什麼要上演。盯著那些強烈的陽光，感覺心靈焦熱，我是在沙漠中的吧，死亡的不是冰櫃裡的人，而是我們這些穿黑衣、影子般的人，幻象不斷襲來，我感覺到手心捏緊著汗濕的荒謬。有空的話，請務必回信給我。」

發送。

吐出一段文字後我感覺河流好像恢復了一點點。

走回第一隔間，所有人的表情都很凝重，他們的神情剝離臉面，蒸發於空氣中形成一股可怕而不可吹摧破的悶氣。一股濕熱又從背脊竄到後腦勺，彷彿一條金花蛇。不知從何時開始，生活好像變得非常燠熱，就算是在寒冷的冬季，生活也都還是呈現出一種悶熱的狀態，好似永遠都被裹住保鮮膜，密不透風，有什麼在一旁燃燒著。

那可能是世界法則與真實生活那龐大迂緩的身軀，蠕動後留下的黏液與溫度。

約莫是第二天或第三天，忽然湧入大批前來上香的親戚，我和弟弟與堂妹們忙著遞開水，他們的話題最終都會轉到我們身上，「唉唷，長這麼大啦。」這樣的場面有種怪異的感覺，四周灰白的色調彷彿開始轉紅，成為過年時的氛圍，場面一下子喧鬧了起來，人與人的交談聲在狹小的空間裡形成一片綿密的嗡嗡聲，在天花板形成一朵烏雲，但卻沒有降雨，我開始感到暈眩。

親戚們嘴巴上的火從文火轉為武火，橘紅色的火將我包圍，宛如被困錮在瓦斯爐中間無處可破的動物，完全無法料想到這般過年才會出現的光景竟複製於這灰色場合，毫無時間把自己如穿山甲般捲起，就這樣子站在火圈中，熱浪不停襲來，我感受到軀體與話語都被燒出紋著黑邊的窟窿。許多堂妹們已經開始工作了，她們說反正對讀書沒興致，乾脆早點賺錢，長輩們笑呵呵地點頭說很好很，反正現在不景氣，賺錢很好。我心虛地說出還在念研究所，他們聽到科系後勉強的說：「喔，很厲害耶。」我感覺到赤裸與不自在，意識到自己的不事生產。他們對我與對堂妹們的笑容有著微妙的差異，那是另一種歧視和偏見，我想。很想撥出個縫隙衝出火圈，然後躲到一個涼涼的地方，環顧四周，似乎只有布簾後阿公躺的那只銀色冰櫃裡是涼涼的。

對，只有那裡是涼涼的，我非常肯定。

親戚們逐漸散去，我疲憊的在陰暗處的折疊椅休息，趁無人時拿出手機，S並沒有從冰涼的城市傳來信件，我有點失落。看著陰影外赤焰的陽光，自然的低下頭組織文字，像是要建造一棟可以遮住陽光的小屋。

「記得國小流行的交換日記嗎？以前我很喜歡寫交換日記，還會在交換日記裡發明很多只有我與那個人知道的祕密代號，我很喜歡那樣的感覺，好像我與他之間擁有了什麼比遊戲和話語更真實的東西。國小時雖然許多玩耍的朋友，但我總覺得有寫過交換日記的才算真正的朋友。剛才姑姑去整理阿公遺物時發現居然有日記本，翻著翻著，我忽然深深地感覺阿公是活的，而在阿公呼吸停止的『死亡』時刻才第一次感覺認識了阿公，日記裡用藍筆寫著感覺很用力的字，遇到重要人名則是紅筆，除了每日的小事外，甚至看到二二八時阿公寫下的心情，以及遠到美國西部的事。天啊，我從來不知道殘疾前的阿公去過美國，在我的印象中他一直坐在輪椅上，這些感覺忽然令我感到巨大的哀傷，一切更虛幻了，陽光依然喧鬧得使人無法忍受，我只能在與你的信裡確認哪些是實體，哪些是蜃樓。」

關閉手機，從折疊椅走回去時，師傅已經來了，準備開始誦經，念的是《慈悲藥師寶懺》，我的心情終於涼爽了一點點，因為師父低沉而莊重的聲音，和兩位師姐稍微高亢的合聲，與敲打木魚所發出的篤實，所匯合出的一種特殊節奏音律是非常好聽的，彷彿海浪錯落有致地拍打在玻璃狀的岩石，發出鈴鐺般純淨而清潔的聲音，而且裡頭以文言文撰寫的經文是我能夠看懂的程度，我的精神抖擻起來，流利的念誦經文，彷彿在念一封很美的、冰涼的信。火鍋料嬸嬸、姑姑以及堂妹們因為跟不上師傅的速度而頻頻到我身邊來詢問，我以食指指出位置，不一會兒她們又會因跟不上而到我旁邊來。

我最喜歡開頭的：楊枝淨水，遍灑三千。這樣的句子讓我感覺身邊好像流滿了水。整部經書念畢，花費了一個多小時，姑姑不斷稱讚我得以跟上師傅所念的速度，在那電光石火的瞬間，我內心的優越感膨脹起來，一塊水分過度飽和的海綿，姑姑詢問我裡頭究竟念的是什麼內容，我釋義著。感覺自己身上真的流滿了水，而你們確實就如外頭的天氣、世界的法則一般酷熱乾燥，想起前幾天他們聽見我還在念書，所露出的如發霉罐頭般難以描繪的表情。嘿，終究耗資昂貴、阿嬤最重視的誦經還是只我能夠跟得上吧，我邪惡無止的想著。

然而不一會，我又發現其實他們並不那樣在乎，師父與師姐帶著經書走了，場面又回復到一片悶熱，那些於我而言帶有冰涼質地的「知」其實那樣的微弱渺小，我為自己那瞬間飽脹的優越感感到萬分可恥，全身漲紅灼熱，膨脹的海綿羞愧地擠出所有水分，卻冷卻不了發燙的身軀，只能在心裡不斷默念開頭：楊枝淨水，遍灑三千。

最後那日，裝著阿公冰涼軀體的棺材被推到火化入口，終究來到了這一刻，我看見裡頭極為光亮橘紅，彷彿失火的甬道，棺材被推進去時，我屏住呼吸，一定很燙、很熱吧，生命最終的一段路依然如此灼燒，我暗自替阿公祈求經過這些後，接下來的路可以是涼的。

七天後回到原來的生活，S依然沒有從雪國捎來冰涼的訊息，我想白與純淨是迷人的，也許我的信使他憶起了那些他好不容易擺脫的，灼熱的感覺。

我被扔回生活的軌跡，依循著它生活。卻感覺好像缺少了什麼，無法像從前那般去感受生活。

或許是掌心裡的那條河吧。

那些灼熱與悶的感覺不斷爬藤植物般的攀上我廢墟般的心情，親戚們交疊繁複的嘴面，工作賺錢的堂妹們、穿戴整齊躺在棺材裡的阿公、金色的豔陽與殯儀館前的大片荒土，這些不都正是真實生活的樣態嗎？它們乾燥的盤占著我的內心，河床裡不再有魚群與流動的心思，剩下的只有乾涸與灰石。

銀色的月亮釘著黑色天空。想起所有都結束的那晚，我們在殯儀館收拾東西，弟弟說今天有難得一見的天文奇景，血紅月。所有人都站到外頭的空地仰頭觀看。但最後只剩下我一個人看完這緩慢的全過程。

淡淡的紅一點一滴地侵略著銀白月亮，彷彿火焰燃燒，那景象非常美，好像月亮燃燒著，很快地那紅色便完全覆蓋住月的光潔，火焰包攏住它，後來那火焰也很快地褪去了，銀亮的月又再次顯現。

想起當時的月色，渾圓飽滿，如此理直氣壯，卻又溫柔，好像飄落許多冰涼的手掌，敷在我紅燙的印堂。這使我非常感動，試著說服自己，卻深知難以信守：也許這世界所帶來的熱感與灼燒都是為了揭示更銀白的光，我們只能不斷以柔軟的心去鋪蓋出一條又一條涼涼的、適合泅泳的路。

天線

小的時候，我很害怕傍晚五六點看電視的時刻。窗外天空的顏色像一顆氧化的蘋果，母親在廚房炒菜傳出嗶嗶剝剝的聲響，這時候的天色很快便會壓成更低的灰黑，彷彿有隻巨大的鳥類張開翅膀籠罩著上空，社區中庭斷續傳來孩童獨有的高頻嬉笑，像是從很遠的地方不真切的傳來，窗外的天色會在某個瞬間被什麼給吞噬一般，倏地全都暗去，所有人的身影都變得淡淡的。我看著一旁和我同樣坐在暗色花紋藤椅上，眼睛直直盯著電視螢幕的弟弟，望向在廚房裡忙碌的母親，再將目光轉回電視裡的卡通頻道，通常這種時刻，我的內心都會湧出一種害怕，好似我與他們不在同一個世界裡，那電視中的卡通人物會漸漸失去輪廓，最後混雜成一團彩色漩渦，這團漩渦能夠把我周身的一切給吸納進去。

年幼的我並不是很明白當下的我為何會有那種害怕的感受，只是很純粹的感覺不安與空落，好像心上曾來過一隻黑色的鳥，牠飛走後留下一個似於洞穴的影子，風吹過來時，它就會兀自唱起一首低低的歌。後來長大以後，這個記憶仍然經常浮現，尤其是在傍晚散步時往他人門窗窺視，昏暗凌亂的客廳裡，老人獨自坐在沙發上盯看電視的場景。

通常這樣的瞬間會使我憶起童年時那種巨大的不安，接著我會想起曾經做過的一個夢。夢中是一個童年的我，戴著一頂鵝黃小帽，這個童年的我在夢裡遇見了現今的我，我看見他後十分冷漠且嫌惡的說：「如果你從來都不曾消失，那現在的我究竟是誰？」夢的後半段，他們便這樣無語的對視著。

從夢中醒來，我恍惚的環視周身，當時還是與室友一同居住的寢室年歲，坐在上鋪擁著被子的我看著空蕩的房間、室友們雜亂堆放的物品，全都被落地窗外，透過褐色窗簾而顯得老舊的陽光給照拂著，又是那種氧化蘋果的顏色，而我坐在裡頭遍尋不著那關鍵的果核。

但有沒有一個船錨般的果核，一個心，終究並非成長並且老去的必要條件，時間有時就像光，曝曬久了便會暈眩，便會老去。

關於老去，我沒辦法真正的擁有太多想像，畢竟我是個連當下都沒辦法十分確信的人。若依據較常接觸的老者去繪製一幅想像圖，那畫面裡似乎總沒辦法缺漏一台電視。曾在散步時看見一幢廢棄的老房子，一個略胖黝黑的老人坐在一張太師椅上，他用大量的伯朗咖啡罐圈繞出一小塊屬於自己的地盤，裡頭除了散落的便當盒外，僅有一台電視在黑暗中滋滋的散發光線。（他是從哪插電的？）

過了好一陣子，我再度走到那幢廢棄老房時，已不見老人和咖啡罐的蹤影，只剩下那台蒙著灰塵的電視機，一旁幾顆鴿類的糞便使它看起來更加孤絕，好像它僅是一顆方形的石頭，沒有更多的表演，沒有聲光與幻象。我走到那台蒙著灰塵的電視旁，無聊的用食指在上頭抹出一個歪斜的笑臉，那笑臉就這樣被困在灰塵裡頭。

我想那老人原本可能也是想把電視搬走的吧？

據說電視發明以前人類的夢大多是黑白的，印象中我的夢一直都是彩色的。有很長一段時間我的夢清晰無比，醒來後所有細節、光線和聲音仍彌留在腦部的皺褶，我非常喜歡那種感覺，好像入睡後的我到了另一個地方展開另一場生活，即便是噩夢也令人感覺振奮。我不確定電視和夢究竟存在怎樣的關聯，然而回想起來，童年的我其實是被父母嚴格管制著看電視的內容，母親深怕我和弟弟會被電視中的暴力、慾望所感染、誘引，因此謹慎地將那些黑色的、血色的、腥羶的密實地用黏膠貼合起來，好像那片防護堅實一些，從我們身上長出的葉子就可以嫩綠一些。但後來的我並沒有因此少做一些噩夢，在那種大屠殺式的夢裡，陌生人持著長刀刺穿我的頸部，刀的冰涼和血的溫熱混雜在感官之中，又或者是我拿起電鋸將自己鋸成兩半時，鋸刀嗡嗡的聲響，全都清楚的在我記憶上空飛旋。當時我想，在現實世界看到恐怖的畫面時，我可以閉上眼睛，然而我沒有辦法在夢裡再閉上一次眼睛，就像我沒辦法在現實中再醒一次。

然而在現實中的我確實是醒著的嗎？又或者醒著的真的是我嗎？

在那段擁有清晰夢境的歲月裡，曾有一個夢境讓我難以忘卻，有時甚至認為它帶有某部分的真實。那是一個很深的夜晚，夢中的我坐在不知是誰的機車後座，那是一個車隊，在寬廣無人的道路上奔馳，輕快的風不斷從我們身邊掠過。過了不久車隊將車停在路邊，我跟著人群走了一小段下坡，一幅美麗的不可思議的畫面在我眼前鋪展開來。

一片散發著紫藍色光芒的海。然而再走進些仔細一看便會發現，散發出紫藍色光芒的並不是整片海洋，在海的前半部，有一條不受海浪的垂直拍擊所影響，兀自平行流動的一條河，就是這條在海中的河在夜裡發散著淡淡的紫藍色光芒，魚群和蝦蟹在清澈無比的河水中游動著，底部是大片白色的砂石。

我很快的走進這條海之河裡，而一旁的人彷彿早就知曉這個地方似的，沒有流露一絲驚訝，閑散的在白色沙灘上談天、散步。

我把軀體鬆開，向後仰，整個人便躺在河面上，不知道為什麼我非常安心，知道自己不會沉落。黑色天空中，那些小巧而群聚的星子彷彿遙迢的召喚，落下一些銀色的光芒。水好冰涼，輕撫著那些積累在身體上的灼熱。夢的後半部我一直在漂浮，視角轉變，成為一個空拍鏡頭，我看見小小的我被這條紫藍色的河給運輸著，朝向某處前進，周圍全是高聳而溫柔的山脈，我的心靈前所未有的感到輕盈與滿足。

從這個夢中醒來後，一時間無法不相信我沒真正去過那個地方，從床鋪上爬下來，身體恍若還知覺著那冰涼與漂流，我甚至坐在電腦前打開地圖試圖搜尋什麼，心裡產生了一種奇異的感覺：那個夢中順著海之河漂流而去的我，正是另一個真實的我，他代替了活在現世中的我去經歷了一場無邊無際的漂流，他去過了另一場更輕盈的生活。在那段日子裡，遭逢生活中的挫敗或低迷時，我會想起那個夢中自由漂流的我，便會覺得一切都還可以忍受多一點點。

後來的我喜歡在夜晚獨自一人騎著腳踏車鑽到各種陌生的巷路，很長一段時間的採集後，我擁有了幾條非常喜愛的路徑，那通常是在黑暗中略微下坡的道路，不必踩踏踏板便能夠前行，兩側的樹偶爾被風吹拂時便嘩啦嘩啦的發出海浪的聲音，那種感覺便像是在漂流，或是乘著滑翔翼飛著。這種漆黑而空蕩的時刻，有時身軀會變得像蜻蜓的翅膀一樣透明，好似一經觸碰就能夠消解，有時候則是相反的狀況，過去經歷過的許多事情會在這種空無的時刻通通返回身上，好似有霧氣悄悄湧來。

回想起過去時，總不免會想起這件事，像一個小小的結，那是國中的時候，一件至今回想起來不知究竟該以何種角度審視的事情，或許是因為這件事，使我想起過去時總覺得帶著霧氣吧？

當時進入了台中一間私立國中就讀，或許是進入私校後忽然面對龐大的課業壓力讓我不能適應，也或許是一時間不知如何融入陌生的環境，生活被大量的考試、公開排名、懲罰給刺穿。起先我並沒有太大的知覺，只是感覺自己機械式的應付著考試，後來我吃得越來越少，就算吃進去過不久也會嘔出來。很快的我便從原本的圓潤削瘦到異常的形貌，我只感覺自己一天比一天更輕，在那段模糊的印象中患有甲狀腺亢進的父親，經常在清晨時斥罵我，而我依然木木的。母親的一位友人發現了我的異狀，她說每天早上她在陽台做運動時都會看見我神色蕭索的背著書包走去搭校車，她是一位練氣功的纖瘦中年女子，渾身散發出奇特的氣場。

我和母親在一天下午來到她家的客廳，那客廳瀰漫著淡淡的草本氣味，落地窗上掛著白紗窗簾，透過的陽光好似特別乾淨。我被引導到沙發上坐著，那氣功女子則搬了另張椅子來，與我面對面坐著，說要幫我「探氣」，要我挺胸坐正，接著便舉起雙手在我面前一點一點地挪動著什麼般，一邊說出我身體的毛病。然而我卻忽然像是被碰觸到重要的內核，感到劇烈的暈眩，彷彿整個身體搖晃起來，但事實上我只是將頭部往一旁的沙發扶手傾靠。不一會我突然放聲大哭，非常用力的糾結著器官哭泣著，幾乎像是嘔吐。彷彿隻身走在一條大雨淋漓的路途，身上的每一片鱗都可以被沖散，大雨中我知道自己正在哭泣，母親憂心的站在一旁，氣功女子幽幽說道：「不好的東西離開了。」後來不知怎的在朦朧的視線中看見父親也來了，我從未在嚴厲的父親面前如此哭泣，然而這次我卻無能抑止。直到我終於走出了大片雨點，眼淚停止，一杯熱香草茶被端到面前，從未感覺如此疲憊。後來過了許久，我問她看見些什麼，她說：「白色的煙霧從你的頭頂不停冒出。」

多年以後想起此事，總覺得不似真實，後來也曾經想過或許當時我不過是得了輕微的厭食症吧，那時的哭泣或許只是一時間將壓力宣洩而出。這件事情過後母親和我說了另一件事，在我還沒上小學之前，有一次全家出遊時迷了路，我們來到一堆廢棄的土角厝，父親很想下車看看，我們下車到裡頭走了一會兒，沒想到回家後我整整昏迷了一個星期才醒過來。倘若真有另一個時空的某種事物曾經來到我的身體，當時是否僅在某個極細微的瞬間，我的身上擁有了祂們能夠接收到的某種訊號，像電視一樣沙沙的閃著光束。那一個星期昏迷的我究竟去了哪裡？或是，倘若當時那位奇異的氣功女子沒有發現我，我究竟是誰呢？

年紀更小的時候，我曾經相信家中那台巨大的電漿電視裡頭，藏著各式各樣的人物、道具、各式各樣的空間布景，搭著繽紛的棚子，幻想螢幕上的那些節目肯定是透過電視後面一個魔法般的神祕機制才得以將他們放大，並且在螢幕上說話、行動，當時的我在看完電視節目後便會開始想電視裡的人們，擔心他們如何吃飯喝水？裡頭是否有廚房和廁所？後來在喀的一聲用遙控器將電視關掉後，螢幕上會出現一點螢綠色的光點，應該是顯示器出了些什麼問題，然而當時年幼我的卻認定一定是電視裡頭的人在向我傳遞什麼訊息。我總會一直盯著那點螢綠色的光，試圖看到當時我想像的，電視的深處，一直到那光點漸漸褪去，螢幕恢復一片漆黑。

後來父母的朋友送來一台液晶電視，家中那台電漿電視便被搬到陽台上的椅子上暫時擱著，不久，它的表層便蒙上一層薄薄的灰塵。它要被送往回收場的那日，我拿了一條乾抹布擦拭它的表面，很快的便在灰黑螢幕中看見自己的倒影，我想開口說些什麼，或做一些隨興的動作，但我終究只是盯看了那個自己數秒鐘，便拎著抹布離開了，或許我有點害怕，自己也在電視之中，只是這個世界演出的一部分，但也或許根本沒什麼好害怕的吧？

寬大的回收場內，所有垃圾被擠壓成四方體，一塊一塊齊整的堆疊成高高的牆，我看著安靜坐在地上的它，想起那身旁堆滿伯朗咖啡罐的老人，不管是那老人遺留下的電視，還是我眼前在回收場中顯得渺小的電視，看起來都像一顆石頭。

忽然間明白到，我害怕的從來都不是五六點的黃昏，不是電視，也或許那也不能稱作害怕，而是心裡的海平面微微浮動，只因為那閃爍著光影的電視螢幕忽而變幻成一扇門，用力推開後，發現裡頭什麼也沒有，只是呼呼的吹著風。

輯二——浮漚

「一隻斑斕的水母本身就是一個夢境」

——《泥炭紀》

螢火蟲的光

Dear，好久不見，你的臉書剛換了一張大頭照，頭髮越削越短了，笑容依然燦爛，宛若夏季豔陽，像是不讓任何人心中的冬季有機會攤出一張空白，將游標下移，另一張照片中的你低著頭，坐在馬路上，地上的箭頭指著未知的遠方，凝固著。全都像是覆蓋一層霜，畫面朦朧，我真的無法判斷你過得好或不好呢？

「什麼時候，才能牽著誰的手，問心無愧地說出心裡只有你呢？」

你知道嗎？有時候心中會突然湧入一股無來由的感受，就像雨水自然地集結於坑疤。它們如同被搜集在藤箱中雜亂的毛線，愈是想要將其撫平，毛絮便愈顯紛雜，最後全都從一雙欲緊握的雙手指縫，飄忽到另一間空房子的角落，與塵埃縮偎在一起，再漸漸地被淡忘。這是很悲傷的畫面吧，我們終於走出彼此的世界，雖然早在一開始，我便知曉，總有一天會到來的分別，並墜入一次更冗長的無聲。

我們還未熟識時，高中至大學的好友C經常提起你，你是那種宛若漫畫中走出的人物，帶著男孩子氣的帥女生，削短的頭髮、爽朗的笑、眼角滲漏篤定的神情，是團體中的風雲人物。這樣的你拉扯著我原來乏味而規整的人生，那雙如鷹般銳利的眼眸，似乎早已看透我並非真正循規之人，只是一直在等待，等待一條繩索，爬出那個將自己困縛的昏暗洞穴。是你遞給我這條繩索，並且給了我一段無法忘懷的生活。

還記得那個如夢似幻的地方嗎？涼風逡巡髮際，潺潺的溪水於眼中的黑白之際，縮成一個美麗的結，樹木的氣味悠緩漫步，我彷彿成為某種山林間的獸類，亟欲起飛。然而，最迷人的還是溪水，那清澈見底，冰涼得讓人誤以為有頑黠的小精靈在裡頭傾倒無數個冰塊。

那年我們一起參加營隊，C因為出國遊學無法出席，活動是溯溪。我想我永遠忘不了那溪水，是如此的乾淨，彷彿從未沾染上任何髒汙，潔淨到幾乎散發魔性，當我們一同從形狀歪斜的石岩上縱身躍入，原本附著於身上的某種東西便被溪水帶走了，一種難以述說的東西，大約是類似枷鎖的事物吧。浸泡於冰涼中，我幾乎感覺到自己的軀體就要隱沒，成為跳躍於溪水上的其中一點光線，恍惚間，感覺到有生以來第一次真切的呼息，第一次與世界如此緊貼，你游到我身旁，拉起我的手，你的溫度頓時於我的身體蔓延開來。此時，腦海中竟閃過了在此溺斃也無憾的念頭。

如同後來發生的車禍，心中沒有一絲懼怕，因為你是如此真實的在我身旁。

我坐在小啾咪（我們一起為摩托車取的名子）的後座，騎經一條冗長而闊美的橋，我將雙手舉向湛藍天空，疾速的風將胸膛上平靜的湖水吹出一排波紋，太陽眨動雙眼，落下一道亮麗的光，我們像不曾被攫獲的銀色小魚，擺盪著尾鰭，輕盈游動。

然而下一個轉角，我們被甩在滾燙的柏油路上，車輛不斷從旁駛過，如沙子不曾間斷地從世界龐大沙漏中間那窄瘦的頸子滑過，一刻也不曾為任何人駐足，或許，打從一切發生之始，我們就該熟稔這景象。

沒有車禍現場血腥、暴力的氛圍，地面被鋪上一層完整的寧靜。我的手背上多了一個如月牙的疤痕，你腿上的疤則像利劍，安靜地棲在身上，彷彿一種注定好的證明和紀錄。

一個因為趕著繳交推甄資料通宵的夜裡，因為維持同樣的姿勢過久，頸肩漸漸石化而酸楚，遂而起身活動筋骨，來到了熟悉的小陽台，夜裡的風微涼，搖晃著整座城市，遠方的燈光如水滴隨著山的弧度下降，在低處聚集湧現，於夜闇中閃動，像是隱匿於繁華中一片發亮的海，那些光如浪一般朝我襲來，忽然領悟到自己是如此的潰乏，無所憑依，已經沒有任何人了，黑暗中，無可遏止的憶起你和那段燦爛的夜景。

那天晚上是自由時間，你載著我到山坡上的露天咖啡廳，興許因為非假日時間，人煙稀疏，我們點了熱玫瑰奶茶，服務生在桌上擺了兩個蠟燭，山坡下一整片廣袤的夜景隱隱閃動，如少女憂愁而美麗的神情，我們邊喝著溫甜的奶茶，邊聊著一些零星瑣事，你忽然提起多到不可思議的情史，還有她，你唯一認真愛過的人。

你詳細的說出每個日期，與一段又一段妳們的故事。我看著遠方的光點，靜靜的聆聽，想像著那些你的，令人絞心的過去，蠟燭的光將你的臉龐撇上幾筆滄桑的影子，原來藏於那豪爽的外表下，是無限的傷痛與細膩的情感，我出神的望著你的短髮，眼眶倏地濕潤了起來。

凌晨四點多，你將車速飆到八十，夜裡的風銳利如刀，將心一層層的削弱，深深知曉被你的特質吸引，但我亦聽見清脆的斷裂聲，我知道，不會有任何結果的。

Dear，謝謝你曾經不顧我的膽弱、猶疑與自私，毫無保留的給了我一場絢麗的旅程。我想這點你是忘不了的，母親非常保守，是那種看見女孩子手牽手走路都會低頭非議的人，曾經與她爭論，「每個人都有自己的選擇。」母親皺起的眉頭間，碾碎所有意見，「總之，我不可能接受的！永遠，永，遠，不，可，能。」母親是一個原因，以及那個無用的自己，我曾經相信且渴求一幅幸福的家庭圖，那是一張再平凡不過的構圖，鵝黃的色調、孩子與丈夫的笑聲，簡單的小庭院與腳踏車，彼時還有交往三年的穩定男朋友，和他過著平淡卻也快樂的日子，我曾如此篤定著往後會走入這樣的人生，我問自己，真能義無反顧嗎？

從沒想過會有「妳」的出現，那將會在生活中掀起一陣多大的浪潮，正當我深陷於那些紛雜，以及接受這一切時，你幾乎是霸道的搶下所有步驟——突然地湊上我臉上的花瓣。使腦中原本陳列好的思緒，像是地震後圖書館攤散一地的書籍，如同被世界征服。

我們回到營隊合作的幼稚園，那是一個如同仙境般的地方，遁隱於世道中的桃花源，每間教室皆為原木所蓋，散發出自然的香氣。我們在深夜時分躡手躡腳地扭開鐵門，拿著事先借好的鑰匙，鼠輩般地溜進去。不知名的花香撲鼻而來，我繞至教室後面想找洗手台沖臉，不料卻在轉角，一片釉綠，逸散著清香的草地上，看見幾隻螢火蟲，發出幽微而神祕的光亮，緩慢的飛動著，我們興奮地想大叫，卻又趕緊摀住嘴，怕嚇跑城市中罕見的星點，你乘著我貪看之際湊過來，一雙深邃的眼睛澄亮的張著，我驚懼的向後踉蹌，你卻伸出手將我抱住。

我想大概沒有人會在一個剛從夜景海中上岸，身軀上還附著濕淋淋的傷痛，又遇見螢火蟲的芬芳夜晚，還返回地震後的圖書館，把書本一本一本整齊歸位的吧，就算一出生就注定做圖書館館長的人也不可能的唷。

推開了所有，將雙手環上你的肩膀。雨也開始下了，我們成為夜裡迷路的螢火蟲，於沒有街燈與遮蔽處的城市中漫飛。

後來的某一夜，我們又溜去小山坡上的露天咖啡館，這次，我們傾吐著所有不能道出的心事，在對方面前裸裎地展露所有，彷彿遇見信任的清澈水潭，能夠赤身裸體的浸泡其中，你簡直像長在我影子背後的青苔，對於你的洞悉，無比驚異，卻也感受到被羊水包覆般那樣的安全。

忽然你說：「其實，我跟C在一起不到一個月。」思緒被重重敲昏，漫天星點中，我勉強以狀聲詞回應。回程的路上很安靜，我們在前後座緊捱著沉默，車速依然快速，風在身上奮力拍打著，所有東西都亂掉了。「但我已經決定了，會好好跟C談的。」

啞默持續著，如同宇宙黑而深沉的啞默。那段日子猶如雨後的爛泥，吞吐著殘敗的落葉，用力地試圖逃開你的生活，卻依然跌入。

我開始懷疑起自己，那些黑暗與冷酷，是否原來就在身上印好，能夠不去顧慮他人的感受，漠視即將在朋友身上烙下的傷害，狠心甩掉深愛我的男友，內心不斷攪動著；都是我愛的人，該如何取捨？甚至在夢中，也感受得到心上彷彿有一萬支細針嗡嗡的扎著，日子如同被切成兩半，但卻似乎沒有一邊是我的歸處，反覆夢到自己爬上高高的水塔，頂端是剛好能夠容我站立的狹仄空間，疲憊的我一直那樣站著，忽然不知從哪冒出一隻手，拿出鏡子擺在我面前，仔細看著鏡中的自己，赫然在其中看見一種現實感，慌亂中，便跌於那高高的水塔頂端墜落。

然而，最後我還是答應了那個問句，是的，我還是拋下一切答應了，我甚至不敢想我們有所謂未來可言。

背棄了所有，我們開始在某處搭造了天堂，失去了所有的我們真正成為了螢火蟲了，藉著微弱的流光，耽於我們的世界，所有的掙扎和痛苦也在無數次反覆抽打後成為溫馴的獸；什麼都不管了，反正自己身上就帶有光，就這樣吧。在每個夜裡緊緊擁抱彼此，感受彼此身上的光亮。

Dear，這是我第一次感受到凌駕於生活之上，自由地飛翔著。那是我未曾有過的感受，衝破所有帶刺的荊棘，身軀滿覆著傷痕，卻是那樣強烈的愛著，熱烈的生活著。心中同時感到光明與黑暗、快樂與痛苦，你所給我的衝擊如強風那樣掃蕩著我原本擁有的方正小屋子，撥亂屋內所有整齊的擺設，翻出冗長的寂寞，再將其全部填滿。我們像是在散落一地的雜物裡求歡，將身軀埋陷於痛楚、混雜，與無盡的歡快，然而，快樂並沒有持久，被雨水沖得灰黑。

二〇一二，寒假，台北。和家人回台北過年，半夜忽然被母親叫醒，迷糊中跟著母親走到只有一盞慘白日光燈的客廳，母親指著我手機裡的簡訊，用極為冰冷的聲音問：「怎麼回事？」不知道母親如何破解手機密碼，看完所有簡訊，我沉默著，時空彷彿靜止，只剩心跳的迴盪。一行晶瑩的眼淚從母親眼裡流出，「我對你很失望，去處理好，不然就斷絕母女關係，立刻休學。」「說到做到。」留下了這兩句話便回到臥房。

獨自坐在客廳，慘白的燈光下，心被掏空，狠狠摔在地上，無神地望著漆黑的電視機螢幕中，反射出自己的倒影，感到自己被囚禁於那黑色空間，無從逃逸，想著母親的淚，銀色與悲悽，她失望透了，我是不孝的逆子，身體不斷顫抖著，無比絕望。此時，卻想起你溫柔的環抱，「別哭了。」你一定會拍拍我，這樣子輕輕地說，眼淚已無法抑止地崩堤。

用盡各種理由逃出家門，我們來到火車站附近一家老舊的ＫＴＶ，包廂裡有很濃的菸味，這是個悲傷的地點，幾截菸蒂從沙發下露出來，我能想像有多少菸蒂，如同殘落的哀痛堆積在罅隙深處，一見面我們就緊緊擁抱著彼此，恍若大難後重逢的家屬，「點歌吧。」你點了五月天的〈星空〉，還笑著說這首歌很適合我們現在的狀況，我卻怎樣都笑不出來。

你拿出了一本筆記本，娟秀的字跡記錄著我們的點點滴滴，一篇一篇地讀著，淚流不止，將一旁的啤酒罐入體內，緊緊從背後抱住你，發現你顫抖著，從不落淚的你，竟然嚎啕大哭起來，我們在狹小的包廂內趴在彼此身上痛哭，菸味與酒氣交雜，閃動的五彩燈光在我們身上旋轉。黑暗中，將我們分割成各種零散的色塊，像一場殘忍的祭典。我們是如此的無助，母親每日嚴厲的緊盯與拷問幾乎要使我精神決裂，對不起，我太懦弱了，無法面對一切威迫還有那傷透的神情。

離開 KTV，公車無情前駛，你仰著盛滿悲戚的神色，我卻將臉別開了，我知道你的身影將越來越小，到最後完全消逝，終於，不顧一切地在公車上大哭了起來。往後好長一段日子，彷彿失去了愛的能力。每日每日慘澹地地行走，我深深地明白到，再也沒有什麼人或事物能夠取代我們之間的一切。

Dear，我一直沒告訴你，我做了一個夢，在這個夢中，我們擺脫了所有面孔，永遠結合了喔。

釉綠而廣大的草坪上充斥著人群，他們或許是我一生所認識之人的大集合，草坪的右側擺著許多糕點飲料，園遊會一般的歡樂，到處都是彩色的氫氣球，眾人愉快地談笑，分明熱鬧的場景。

夢中我和一個女生並未融入歡笑之中，我們在草坪遠遠的另一端，發現一幕奇怪的畫面。那是一段水，漂浮於草地上，沒有被土壤吸收的水，四周沒有石頭的圈圍，不像河。只是一段水，浮於草坪上，清澈異常的水，裡頭有一群蝌蚪、七彩的魚，我們蹲踞於這段水旁，久久無法將目光離開，這真的太美了。

一場劇烈的震搖，草坪裂為兩半，亦將我與那個女生和廣大的人群分隔開來，忽然，那段水盈盈地升騰起來，像是一塊紗布那樣被風吹往天空，蝌蚪和魚群持續在水中游著，游往遙遠的天際，水就這樣空中飄浮，流動，最終全部消逝於一朵發光的雲中。

那個女生忽然牽起我的手，輕輕一蹬，身體越來越輕，開始變得有些透明，我們也朝向那水的路徑，升騰起來，底下的人群蟻螻般竄動著。夢中女生的手非常柔軟，但卻使人感到安心，就算飛到如此高的地方，也不覺得害怕，一直到瞥見她左腿上的傷疤，才猛然領悟到，那就是你。

從夢中驚醒，久久無法再入睡，索性穿起外套走出門，輾轉了幾條街，發現一個公園，我信步著，認真感受夜的涼爽與沉黑。忽然，我看見螢火蟲了，但不是展翅飛翔的螢火蟲。我真的在台北的公園看見一隻螢火蟲，在葉子上蹣跚爬行，翅膀斷裂，我看見牠努力揮動剩下一半的翅膀，歪斜地飛起又倏地落下。最後消匿於草叢之中。

（本文獲二〇一三年東海文學獎）

路徑

在同一地生活的人，卻因為習慣不同的路徑，而對那個地方的印象有極端不同的理解或印象。我總日日踏著相同的路徑，在校園內移動。

夜晚的涼爽與深邃總是那樣如夢似幻的引動人，彷彿到了晚間，靈魂才真正開啟，心臟的跳動才開始脫離平板乏味，成為一首美麗的曲子。往下走，便能夠到達二校區。生活所帶來的疲憊與困頓，使我消磨成一尊僵硬而冷灰的石像，此時，內心便出現柔軟的聲音呼喚我往下走。

那緩慢下降的斜坡兩旁，各個社團散發著活潑的光芒，在夜裡白盈盈的亮著，像是一個又一個錦簇的夏季，整個四季都因為夏季的存在而又有了生機。愛樂社的薩克斯風遠遠的傳來，那樣的聲響與光總讓我感覺置身於夜晚湖畔的小酒吧，歡快的人們舉著酒杯，月亮與暈黃的燈光把湖面點綴得澄亮，人們吃著串燒、喝冒泡的啤酒，舞台上身著蘇格蘭裝的樂團吹奏薩克斯風，燈光灑在上面，折映出刺眼卻動人的光芒。

經過斜坡，燈光一點一滴地滑飛開，四周暗了下來，變得灰濛灰濛。戴起耳機，音樂如涼水流動於整個身體，這段路已經沒什麼人了，涉身走進東海湖四周，友人曾和我抱怨覺得此地缺乏建設與規劃，好好整頓一下應該能夠成為不錯的觀光勝地，而此刻我卻耽溺於建設的闕如，荒涼與安靜，彷彿在夜晚的沉寂沙漠剎見綠洲，憶起兩年前，曾與學弟妹帶著鐵罐飲料，拉起鐵環發出啵的清脆聲音，沒有比這樣的聲音更讓人能夠感覺到愉悅了，我們在月光下喝冒著氣泡的飲料，玩新生必玩的遊戲——海龜湯，那是一個先說出故事的小部分，其他人必須藉由自己對故事的聯想來問問題，主持人只能回答是或否，進而將整個故事拼湊出來的遊戲。我常想著有沒有一個人可以詢問，可以主宰一個人的生活，我們能夠向他討一個是或者否嗎？

總習慣獨自行走，把思緒慢慢重組，像轉魔術方塊，相同色澤的擺置同一面，或者是說，有太多事情只有自身能夠面對，然而生活的岔路總會溜進幾粒砂，而那些夠堅強的砂子在貝類的口舌中經過層層包覆，終於成為圓潤帶有溫和光澤的珍珠，我們總會遇到一些這樣的人，一些珍貴、並且真正能夠聽懂你所訴說的妄言譫語，雖然那是如此的困難。

我們學會與人分享自己的路徑，也開始親自走進他人的路徑之中，雖然路與路之間總會有些零碎的石子，於不經意的時刻悄悄落入鞋中刺痛著彼此。新的路徑如細長的河流一點一滴的流進生活中，於是，我開始走你的路。

印象中你總是走那些陰涼的小路，像是永遠只走在邊緣上，鋼索上的人，你的腳步規整緩慢，慣於快走的我總被那些優雅的步伐踩踏得狼狽，感覺到在你面前拙劣了起來，我想自己的模樣就像一團亂草。你說：「該找到屬於自己的步伐。」我們於夜晚，同樣的走到二校區，兩人卻各自擁有完全不同的路徑，我驚異於原來校園中還有這樣的路，你笑著說：喂不是都大四了嗎？但路徑確實反映著一個人的生活啊，於我而言，生活就是這樣一條條的路經鋪陳出來的，我們習慣於自己的路線，而後無論是我們誤闖他人的軌道，抑或是應許他人的邀約，而走上另一條路時，我們甚至不可置信的發覺，在這狹小的範圍內，竟有如此迥異的路徑。

有時兩人並肩安靜的走著，時而說話，但到二校區的路上，你的路上，竟成為一種靜謐而優雅的印象了。有一回，那羊腸小路忽然闖入一輛車子，白色的光刷的沖散開來，像是巨大的鎂光燈，我們像受驚嚇的動物瞇起眼睛，那路上實在太安靜了，怎料想到會出現如此龐然大物呢？這些於夜裡涼爽的路徑與逐漸規律的步伐隨著日子增長了起來，越來越熟悉轉彎處，熟悉兩旁花草的名稱，你的聲音也跟著清楚了，在無數次的路徑中抖落泥砂與汙漬，一切清晰但卻由內混雜了起來。漸漸的了解到我們終將於岔路分別，你會走回屬於你的熱鬧，我在路上檢視記號與痕跡。

今晚的操場是淡淡的紫羅蘭，空無一人。空曠之處總逗引著人心中大聲呼喊或跑，不斷奔跑的欲望，空曠之處有大片的空白可以燎原，把心中一切悶煩燒盡。你必須離開這件事情曾經讓我如此難受，卻總是慣於把說出口的話經過層層膠封，試圖把那些話看起來完善。又或是，內心是如此明白屬於我們之間的那些路上，該黏貼什麼樣子的景色，我們都握有畫筆，卻都心知該在調色盤上蘸取哪些色料，我們已經對未來有了相同的默契了，不是嗎？

我明白那些破碎。當世界都安靜了，那些回憶便搖搖晃晃地自月光下飄走。在很久以後的日子，我們回頭捧起這些畫面時，真的能夠讓思緒駐足，便在其中尋覓出一片璀璨的風景嗎？

你說在試圖跨越那些城市的理性界域時，總因時間的短暫或無形的磚牆，無法持續前進，只有回頭走向原本，而那些未曾到過的界域之外的城市，便全數佚失於想像無從抵達的未知，成為一些片段而破碎的記憶。我說或許我們本就無法真正去認識一座城市，無論我們在其中生活多久，記住了街道巷弄的彎處，熟悉夜晚的路燈灑下時會呈現什麼樣子的光，知道各小店鋪的商品，可是我們都心知，都明白畢竟與它是有隔閡的，有誰能真正走入一座城呢？即便那裡的每陣風都使人感到安全或溫暖（但顯然是不會有這樣的狀況），我們能夠訴說一個城市的什麼？它的形貌或是侃侃與人介紹各方面嗎？我們有什麼資格這麼做呢？而無論是片斷或破碎的都成了一種像是車票般的東西，證明我們到過，於雜亂的抽屜翻出那些車票，我們將會說：是的，我去過。想起一段輕快的步伐。抑或是歪斜著頸子對那些地點感到困惑，竟勾不起任何一粒豆丁般的風景嗎？

那些回程的路上漸漸變得靜謐而像是將要消散，不禁使人懷疑起那些去程，若我們根本尚未起程，而總去憂慮那些回程就成了毫無意義的事情了。

回來的路上，一個小小的我，在那些昏黃的路燈下愈發孤獨。搭電梯到H

大五樓能夠看見很美的夜景，但在那之前必須通過一條冗長的廊道，綠色的逃生指示燈將整個走道披覆上一層詭譎的氛圍，那是指示人們逃生的光線，而在這樣的夜裡，卻對這綠光感到懼怕。但我明白現下需要一片美好的夜景，需要一定的高度，也需要去走過這些令人害怕的光，而且必須獨自一人。

電梯開門後右轉便是那條漫漶著綠光的路，像是所有的故事都有一座幽暗的森林，黑暗中還藏聚著各式的獸，或是整座森林便是一座食人的島，少年pi撥開葉子後看見牙齒的驚愕。一個人的路之所以危險是因為那極度的孤獨。我們在孤獨中練習，練習不被從上或下或任何方位無預警的攻擊所困，練習關起來一個人走路，卻又得練習不被困住。

若姑且大膽的假設人本就是不甘寂寞的，不是都說：人畢竟是群居動物，總需要朋友。那麼這些一個人的路徑，孤獨的旅途是否都因為內心有一處病弱的傷呢？我們必須親身走過那些溢著綠色黏液般可怖的沼澤窪地，必須獨自扛著那頭病弱的獸，跌倒後爬起來，看看水面上的自己，和他說話，仔細凝視他的雙眼。

人大多是沒有仔細看過自己的，你說鏡中的自己嗎？那不過是每日必須的一張投射。身軀上的那些坑洞一直安靜的存在，它們不曾吶喊，不曾顫抖，卻每日存在，光是那習慣的存在便足以讓人心痛與害怕，可是我們卻時常假裝他們根本不存在，選擇忽視，或以一些極其暴力之物充塞那些空洞，以為表面的平滑便能夠帶來內心的溫順與暖意。

我明白步伐抬起又踏下的瞬間可能會激起怎樣的浪，即便害怕還是得面對。在那些聲響中，憶起曾在一堂課中，老師朗讀的文本內容：生活就是天堂，只是人們不願去知道，若人們願意去知道，那麼明天起，全世界都是天堂。或是從老師口中說出的，不是全然明白的句子：愛生活本身比愛人幸福。但是什麼是愛呢？無論是愛什麼形式的事物，我們曾懂得嗎？

終於抵達對岸，大片的夜景成為溫柔的水波，一遍又一遍滋潤那塊近乎乾涸的心中地土。那些閃爍的燈光盈亮的像是在粼粼水波中載浮載沉，而我輕駕著小船划動船槳，想起《班傑明的奇幻旅程》中曾有這樣的一段話：「其實每個人本來就是孤獨的，只是有些人害怕極了。」那黑人的口氣中夾帶著嘲笑與揶揄，彷彿他真的將孤獨化為他最愛的寵物，成天與其親密相處。

夜裡的風幻化為一隻溫柔的貓，輕巧地跳上肩膀，感受到那重量與軟綿，但牠又旋即跳下，隱身於黑暗中，彷彿一切都只是因為角度的傾斜所產生的想像，於荒涼的沙漠傾斜再傾斜，水分流盡後，在裂痕中產生的熠熠幻覺，全都在你離去的步伐下成為乾癟的陰影，曾經於我生活中產生的重量與路徑也一併被抹滅，消匿無蹤。世界被擦出一抹空曠的白，而我終於隻身走過那條綠色長廊。

（本文獲二〇一五年中區寫作獎）

地下人

從一班擁擠到幾乎連不拉住手把，都能夠依恃人群的包覆而維持平衡的公車奪門而出後，有一種被吐出來的感覺，像一條錦鯉，終於游開了可怕的爭食區段，獲得了清潔的空氣與寬廣的游動空間，然而不一會又感覺到氣球消氣般的沮喪，彷彿方才忙碌的擁擠給了我某一種生存的強烈意志，然而一下公車後都消散了，只剩下乾癟的皺褶。

經過地下道時，有哀戚的二胡聲從出口傳出來，使空氣中瀰漫著一種黃昏的空氣，猶疑了一下，緩緩的走下樓梯，是一個形貌看起來有些孱弱的老人，但他拉二胡的樣子相當激動，不停前後搖晃著身軀，黝黑的臉龐有短短的白色鬍渣，穿著是普通的藍色T恤、卡其色長褲。

這條地下道以前滿是灰白的瓷磚，骷髏的蒼白，當時這條地下道有一個沒有雙臂的阿伯，他總是趴在地上不斷磕頭，好像下一個剎那他的頭上就會破出一個洞，湧出鮮血來，他枯瘦的身軀前有一個碗，身旁凌亂擺著一些破舊的袋子與衣服。

我總是在想，沒有雙臂的他是如何帶著這些東西走下地下道的？用嘴巴叼著嗎？我想像他的樣子，用嘴巴叼著裝碗的袋子，走下地下道後，選定位置，再用嘴巴把碗拉出來，之後就這麼一直趴在地上，又或者，是有人帶他來的嗎？

忽然覺得有些難過，也不知道他現在去哪了。感覺好像這世界收集了一批又一批的老人，定期將他們放進地下道，一段時間後再收回某部分，置入新的，彷彿那地下道是一個櫃架，老人們都是冰涼發抖的貨品。

拉二胡的老人仍然激動地一邊晃動身軀一邊搖動手上的弓，感覺那些音樂旋律幾乎像水那樣從弓與琴之間不斷流瀉出來，充滿整個地下道，水爬上牆壁爬上天花板，繞了一圈，持續在筆直的地板上溜冰似地滑動，不一會，整個地下道都漲滿了音符的水，將地下道淹得有些朦朧，裡面的時空彷彿整個被抽掉了。

那天我在遠處盯著那二胡爺爺許久，感覺自己漸漸與他的身影重疊在一起，那二胡所拉出的，那麼強烈的孤獨在地下道來回蕩漾，然而一旁的人們仍如此正經地行走著，彷彿那些旋律與老人並不存在。

好像只有我能夠看得到他。所有路過的人都慢慢從頭開始灰白了下去，就和電影一樣，剩下我和老人。在那截無色的地下道中唯有我與他的軀體仍流淌著光亮的色彩，彷彿那些色彩都是水流，我們是兩座淺淺的坡。老人仍持續拉著二胡，飄出來的旋律仍是黃昏的橘、黯黃，魔毯般載著許多憂傷，我閉上眼睛傾聽那些旋律，感覺整個人都滑入那濕稠的悲傷。

那瞬間，我忽然明白，老人與我其實是同一個，因為只有我聽得見他的哀愁，就像某些人看得見鬼魂，在那一刻我們是交疊的，共用著同一段聲音，分蝕孤獨。那是屬於地下的聲音，如果今天那老人是在其他地方拉二胡，鐵定不會有同等程度的渲染。

後來我沒有再看過那個老人，就算真的有，他也一定不是同一個了。

但我持續看見那些缺少某一處身體部位的人，有人缺少眼睛，有人缺少右腿，那些空缺的地方像是一口很深的井，井裡並沒有盛滿貼著星空的水，然而我們依然那樣輕易地經過了，不太願意駐足，有時甚至懼怕甚至視而不見，只因為其實我們懼怕在那空洞的井裡會赫然見到自己荒煙敗草的臉面。

我輕輕地走著，以防步伐勾起太重的回憶會引致陷落。我清晰記得那段糾結慘亂的情感，幾乎是以棟折榱崩的毀壞力在傷害我們周圍的人與我們自身，傷害所有與我們親密的任何人，我們的愛成形時，一切卻似乎毀滅了。

回想起來那位朋友也許是對的？她與我約見面，用一種懇請真摯的口吻、斂著眉，用那塗滿粉色口紅的嘴唇和我說：「你知道嗎？你在那段感情裡，我們都很想拯救你。」當時的我非常失落，什麼是「陷落」？什麼又是「拯救」呢？只要愛的指涉與世俗的價值觀不同，就非得被拯救嗎？只因為在愛中的性別相同就該被拯救嗎？

「那是你們上面的人的說法。」我想起那個在地下道拉著二胡的落魄老人，他拉動琴弓的模樣如此激動，旋律如此透徹，好像是在對上面的世界發出喊叫，對上面的那些人。曾對朋友說的那句話如此失落憤恨，然而現下想起，或許那真只是飽含深刻「同情」的一句話吧。

我們終究真的被拯救了，分開後我們都成為了上面的人，曬著宛如柳橙汁的新鮮陽光，呼吸快速流動的溫暖空氣，每日都抬頭挺胸地做人，但在我彎下腰看見自己的心時，發現裡頭始終住著一條冗長的陰涼的地下道，自始自終都在我體腔內拉著那把能夠招來黃昏的二胡。

無愛的日子每天都同樣的昏沉無趣，天空永遠畫滿分岔的枯枝，枯枝上停滿穿著西裝的烏鴉，牠們一排的站著，其實並不出聲，但黑色的羽毛本身就是喧鬧的。我穿著黑衣走過樹下，感覺自己也是牠們之一。

我們被拯救到無愛的世界，是上面的生活。

那陣子不知為何室友們接連著辦起一堆戀愛網站的帳號，成日在寢室裡討論著哪個男子說她讚送她愛心，哪個男子留言給她。幾個星期後開始分享實際見面後的感想。我對網路上的交友沒有意見，但是對戀愛網站上的戀情感到懷疑。她們的話題持續了一兩個月，成日在我的耳機後嗡嗡嗡地響著，聽到關鍵字時我會關掉耳機裡的音樂仔細偷聽。

在一個適合藏躲的深夜裡我也躡手躡腳地辦了一個戀愛網站的帳號，那些男子遞來的留言大多毫無創意可言：嗨安安可以認識妳嗎妳的笑容好甜美。個人頁面的自我介紹較為精采，身高、體重、戀愛經驗，連薪水都大膽地秀在上頭，細心一點的男子會認真地撰寫每一個項目，選出最帥的大頭照與生活照（大多戴著墨鏡）在末端寫下自己希望的伴侶條件，大多是：善體人意、細心可愛之類的；隨便一點的男子則看得出來每個項目都敷衍塞責地帶過，彷彿有什麼不可告人的細緻祕密隱藏在這粗糙之下。

和幾個男子有一搭沒一搭地聊完後，我發現一件事情，原來這個粉紅色背景的網站上跟地下道其實沒什麼兩樣，唯一的不同是殘缺的地方，這裡的男子幾乎都帶著被傷害的心聚集在這個網站，他們會問：妳以前交過男朋友嗎？為什麼分手？接著再說：其實我是被劈腿的，然後大片大片地講述他們如何被傷害，內心多麼疼痛煎熬，最後說：「所以我覺得專情很重要，妳專情嗎？」這裡幾乎每個男子都不斷重複拉奏自己的傷悲，但大多不是太動人的旋律，地下道的老人比他們高明多了。

一道被漆上粉紅油漆的華麗地下道，網站上大方的公開成功結婚的戀人婚照。

我是在這裡認識B的，其實本來不打算認識任何人。B的頁面非常淨白，除了自己的大頭照外，所有可供了解此人的資訊一概空白，也沒有生活照。我用留言板問他（聽說男子們使用留言板還得付費）：「為什麼資料都沒填呢？」過了一天他回我：「因為沒什麼好填的。」「那你來這個網站幹麼？」「看看上面的人在做什麼。」因為這段對話，以及他的大頭照沒有戴墨鏡，因此，我與他逐漸熟絡了起來。

第一次見面是B約的，他問：「要見面嗎？約在火車站吧。」我答應了。沒想到的是，我們真的就一直在火車站裡，身上沾滿著嘈雜的人聲與報時的機械聲，與那些拉著行李箱與揹著大背包的人群一起並排坐在塑膠椅上，我們說話的內容漫無邊際，但絕不問對方情感的事，有時也沉默，兩人如淺灰色的石頭般。

B本人遠比他的大頭照更壯碩、健康，但聲音卻非常細柔，好像一株巨樹，卻在樹梢長出了朵朵白花，總之是違和的。我問他為何我們非得要在火車站裡聊天，他想了一下，用那種小白花的細弱聲音說：因為熱鬧流動的地方比較適合躲藏。

那段時間我經常在城市裡漂流，在公車上那擁擠的水池裡化身為一條錦鯉，一下了車水域便無限擴張，城市裡裝滿著淺藍色的水，每個經過的行人都是披著黑鱗的魚，每支電線杆都是僵灰的水生植物。

經常無意識的游入地下道，彷彿一種神祕的召喚，像是游入一隻死去的鯨魚肚腹，蒼白的骨骼裸露出灰色的水泥，裡頭裝著好幾個小木偶的祖父，我翻出一枚五十元硬幣，蹲下身放進那淺淺的碗裡，斷腿的老人磕頭時，我看見他的後頸爬滿濕潤的青苔，火豔的蘋果螺在上面不知情地啃噬著，像是熱辣的生活吐出無情的舌。

過了一段時日，火車摩擦鐵軌的聲音終於不只是背景音，我們在那聲音上了。

B說：我帶你去一個地方。

窗外的風景迅速地在我們身邊撇下一道又一道水彩，我們的身邊終於出現了色彩，但彼此都知道對方只是需要陪伴罷了。這樣的關係很好，好像我們在同一片海底走著，雖然彼此的身影被水拗折得模糊，宛如兩抹藍色的影子，但卻感覺得到有人在身邊。

下車後我們經過一個地下道，那是個非常多岔路的地下道，像是年邁的樹根。我們經過一個拉二胡的斷腿老人旁，他的前面立著一些貼滿紙張的牌子，仔細一看上面是一些老人拉二胡的照片與殘障證明，還曾經上過報紙：「肢殘心不殘，○○○以二胡拉動美妙人生：音樂的美好讓我體悟到行動的滋味。」

我蹲下身子，放了一張一百塊。

B什麼話也沒說。

我們到了一條河邊，顛仆爬過一些石頭後來到了陸橋底下。

陸橋巨大的骨架保護著非常大片的陰影，像是在鯨魚的腹下，地上散落著暗綠色的酒瓶與菸蒂，我顧不得髒，隨便坐了下來，安置好破皮的手掌，光從陸橋未遮蔽的地方微微淌了進來。B也坐了下來，「你聽。」

什麼也沒有，連車輛駛過的聲音都被削得薄薄的。

「車子在我們的上面走耶。」

「啊，這裡是另一座地下道嘛。」我忽然領悟到。

我和B分享了以前在地下道遇見的二胡老人。

「我永遠都不會忘記那二胡的聲音。」

「那時，我覺得自己就是那個老人，那二胡聲太悲傷了，餘音在地下道強烈地環繞。」

我停頓了一下，一些廢棄物從有光的地方漂流進來。

「欸還記得剛剛那個有殘障證明的二胡老人嗎？其實我在想，之前那個二胡老人雖然擁有完好的軀體，但他的心裡一定有個地方非常殘破，說不定比那斷腿的老人還要更殘，就像心裡有一座地下道，或是也像我們現在所處的地方。」

「有時候，我會感覺自己心裡也有一條地下道，或是，一個窟窿吧，盛裝著陰風。」

講完那麼一大段，忽然覺得B應該無法理解，我揮揮手說欸算了算了，我隨便說說的啦。B的臉上晃漾著水痕般的沉默，他用他那小白花柔軟的聲音說：「我們走吧。」然後他站了起來伸手拉我，還是像一棵壯碩的樹。

我們走出了陸橋下的陰影，走向瀑布般的光亮。沿著河堤走了大約半小時，抵達B的家。

他的房間很乾淨，像在網站上的那個潔淨頁面，櫃子上整齊地擺著書，窗戶上的窗簾是白紗質感，陽光透進來時好像也披了一件白紗，變得有些朦朧，木質桌子上用完全透明的玻璃罐養了兩隻紅色的金魚。

他拿出了一個黑色袋子，裡面裝著幾支長短不一的中國笛，他取出了長度中等的笛子，「你熟悉中國笛嗎？」「不熟，我學的剛好是西方的長笛，不過跟中國笛一樣都是橫著吹奏。」我笑著回應。

他接著拿出了兩個鐵盒，告訴我裡面裝著笛膜與阿膠，接著專心地在孔洞上貼上笛膜。

「整支笛子啊，如果不貼上這竹子製成的笛膜是沒辦法吹出音階的，只能發出『呼～呼～呼』的聲音，而且黏貼笛膜的鬆緊也會直接影響到笛子的共鳴音。」

「不過這笛膜的質地非常的薄，必須要非常小心的黏貼，剛開始時我弄破了好幾個呢。」

「沒有想到吧，這麼一支笛子居然是依憑著這薄脆白皙的薄膜才能吹奏出一首曲子。」

我點點頭，把這句話放入心裡。

B開始吹奏中國笛，那笛聲忽而悠緩的沿著陽光的金色肌理滑動，忽而激烈得像是意欲抵制光的前行那般，激昂地以高音堆疊出堅硬高聳的牆，並且在我以為曲子即將進入尾末時，又會忽然湧入大量流水般為旋律鋪展出一條寬廣的五線譜。這首不知名的曲子便這樣演奏了許久，B從頭到尾都閉著雙眼。

我仔細地看著B，下午四點的陽光幽黃地映照在他的臉上，一滴晶瑩的汗珠從他的太陽穴流了下來，沿著臉頰的弧度行走，像一隻透明的蝙蝠倒掛在下巴，最後在一陣狂風中重重摔落，我感覺在這輪轉著極度悲切與舒緩的曲調裡，一定有什麼祕密隱匿在這起伏的凹槽中，每個轉音都像一粒凝固的雨水。

曲子結束時，地板上滴落了好幾滴汗水，我幫他抽了一張衛生紙。

他擦了擦臉後，什麼也沒說，他轉身從背包中取出皮夾，拿出一張證件，慢慢地遞到我面前。「因為這個，我的前女友跟我分手了。」證件上寫著B的名字，最上端寫著：殘障手冊，類別：染異，級度：重度。「染異的意思就是染色體異常。」他解釋。

我看了看那張證件，視線停在右上方的大頭照，為了不知該不該發問，而隨口說了：「欸你以前好瘦喔。」

B告訴我他的體內缺少一種凝血因子，兩三天就得到醫院注射，否則很容易因為受傷流血而失血。他的關節隨時都處在一種出血的狀態，若不到醫院打針很容易就會關節變形。

「很像中國笛吧，每次地吹奏前若不黏貼上笛膜，那支笛子根本就只是一支竹棒而已，無法產生音階變化，我不到醫院打針的話——

「就真的只是一個殘廢。」

B接著開始說他童年的慘淡生活，國小時班上每個同學都覺得他是怪胎，覺得他身上帶有絕症。後來，他漸漸把這件事變成一個祕密。「反正這個祕密也很好隱藏啊，誰看得出來我是殘障？你看得出來嗎？」B忽然轉頭盯著我：「看得出來嗎？」我搖搖頭。他說唉，有些需要出示殘障手冊的場合，他人會以一種奇怪的眼神看著他，好像他那張手冊是騙來的。他受不了那種眼神，他很想用力地告訴那些人：「他媽的，老子告訴你老子身體裡面沒有凝血因子，老子殘不殘干你屁事幹。」

「很可笑吧，我是重度殘障，卻擁有完好的軀體。有時候我自己都感覺自己像在詐騙。」

他交往半年的前女友在看到那張手冊後哭著和他說對不起我真的沒辦法想像和一個殘障人士在一起。B說不過不都在一起半年了嗎？她說：但我看到那張證明了，沒辦法再跟以前一樣。

她的離開使B感到痛苦，醫院裡的醫生和護士花了很多時間與他說話，甚至替他安排了心理醫師。

B用力地把笛膜戳破，他對著笛子說：「好啦，你現在也殘了。」

他接著拿起桌上的馬克杯在我面前晃動，欸你也要給我一張一百塊嗎？

那天晚上我留在B家，我們在他的房間裡沖了兩碗泡麵，在白氣氤氳中我也告訴他我的過去，我說起了我的她，說起那段苦痛不堪卻狂喜的日子，我媽始終認為跟同性的人在一起是一種病，她在半夜時躲在廁所裡哭泣，我聽見她用哭腔念經，她用很悲淒的鼻音說拜託啊請拯救我的女兒，她甚至又接著以一種基督徒的口吻說請醫治我女兒。「被我媽說到我都覺得自己真的有病了，你沒辦法想像她的哭聲有多嚇人。」我最後笑著那樣說。

但是與她分隔後，我的體內確實產生了一條地下道，那裡始終豢養著一批殘弱不堪的老人，以及那哀戚的二胡聲，我想此後，所有的愛在給出前都必須先走過這條冗長的地下道，但是那條地下道太長太陰暗了，況且還有那令人絕望的二胡聲，所以所有的愛在走出地下道時早已襤褸，我始終只能給出往後的情人一件襤褸的衣裳。

那天晚上忽然下起了大雨，馬路上孤單的路燈吞吐著自己慘白的光，那些光滲透到B的房間裡，我們的身上爬滿了一點一點黑色的雨的影子，好像有另一場雨正在房間裡下著。雨勢越來越大，嘩啦嘩啦的像是一顆摔得極碎的心靈，屋內那點點的黑色雨影也激烈地爬滿躺在床上的我和B，沒想到的是，黑色的雨影比真實的雨本身更具有破壞力，我們的衣服在黑色雨點中快速融化。

那個晚上，我清楚地看見B赤裸的身上長滿了與他聲音同樣細弱的白色花朵，我輕輕地擁抱著他，害怕弄碎那滿身的花。B告訴我，他看見我身體裡那條冗長的地下道，他說他在裡頭看見了在吹中國笛的自己。

（本文獲二〇一七年西子灣文學獎）

殼

陽光穿過窗簾的縫隙，棲在檯燈下那條金色的拉環，在桌前閃爍出燦亮的光，輕輕地用手搖晃它，整個房間好似幻出一片金色的沙。難得空曠的下午，用棉質拖把將大理石地板拖拭過，便索性整個人癱軟在地上，腿部長出纖維，吸收著地板的冰涼，同時接受溫暖的陽光，像是在冬日裡穿著毛衣，喝一杯涼涼的開水。暖流與寒流交會，心裡的浮游生物便聚集過來。

那樣的浮游細細小小的漂游在房間裡，光影的交界處好似流出水來，水聲銀亮。許多物品開始在我周身漂浮起來，看見那只魚缸時，想起自己曾經養過幾隻螺，蘋果螺與蜜蜂角螺。在我失去了一隻美麗的紫藍色鬥魚後，那魚缸便成為螺類的家。

豢養牠們的期間正好是一段不怎麼需要出門的日子，成日在電腦前打字，花費許多時間觀看牠們爬行時擺動的小小觸角，像在探求著什麼，卻也似無所求，只是兀自靜謐的背著可愛的殼在水草之間爬行。盯看著牠們時會突然覺得整個人都進入那水中的世界，純然無雜音。我原以為自己是被那蘋果紅、黃黑條紋的殼給吸引，然而我只是著迷於水中的無聲，時間的悠緩，彷彿在那小小的玻璃箱裡，有自成一體的渾然時間，那時間是與我無涉的，水中的時間。這讓我有種在這狹小的房間裡，額外獲得一缸時間的幻覺，但生活中的幻覺又何止於此呢？

豢養螺的那段時間，我應付著論文，在書本堆裡將理論和詞彙串聯。某日早晨醒來，右臉頰上便生出了幾顆痘子，那痘子很快地便以右臉頰為領地，占據整張臉。我奔波於中醫與西醫，搜尋論文之外，更搜尋各種驅趕痘子的方法。

PTT幽黑的版面與彩色的字像某種地下室圍著火焰的祕密集會，有人因為痘子總是不好進而患了憂鬱症。在密麻的文字串間，我努力地摘取可靠資料，嘗試各家診所，然而每天早上起床在鏡中看見新增的痘子便頹喪起來，每天都告訴自己：「明天就會更好一些了。」然而卻總是沒有更好，宛如被惡意詛咒般的痘子戲謔地住在我臉上。有一日我看著鏡中狼狽的自己，終於止不住地在大笑了。我想這就像一場徒勞的人生縮影，在臉上不斷滾落的，紅腫的石頭。而那張長在頸上薄薄的臉，就連同整副身軀，從來都不是自己的。

螺伸出柔嫩的腹足爬過玻璃箱，將魚飼料吸進口裡。

那段時間不知道為什麼，周身發生了許多被吞沒的事，昔日友人的男友忽然遭到意外死去、認識多年的學長一早醒來便發現失去了視覺，以及突然就斷了聯繫的重要朋友。日子被懸起來，上頭掛著進度緩慢的論文、臉上的紅色石子、不時疼痛的尾椎、忽胖忽瘦的甲狀腺體。

每日到睡前便再一次驚覺時間流失的速率，生活彷若空心。

在這種空心中，我開始進一步對於熬煮一鍋湯、釀造一瓶水果醋之類的事情感到興致，這分明可能是浪費時間的事情，卻弔詭地讓我感覺時間被利用的充實。將切好的食材放進小電鍋裡，加入開水，按下按鈕，裡頭的時間開始啟動，電鍋裡的時間確實能夠為我帶來一碗溫潤飽足的湯，這樣小的一個念頭卻莫名的使人感動。釀造一瓶水果醋更是讓人雀躍，將水果切好後，放入符合比例的糖、醋、水，便可以放在任何角落等待其兀自發酵，就算遺忘了它們也沒關係，甚至更好，罐子裡頭的所有作用都會持續進行。回過神來時，會發現已然冒著蒸氣的一鍋湯、釀造完成的醋飲。

我以為自己偷得了時間，並且在這種明知是一種自欺幻術的小遊戲中樂此不疲，但事實上本來便是什麼也留不下，如同L。

到L家的時候，她的左半身已經癱瘓了，像是本來拉著身體的隱形線忽然輕輕的，啵的一聲斷裂。那是認識L這麼久，第一次來到她家，甚至到她的房間裡。和我一樣大學後就居住在外的L，房間堆積著雜物，牆壁上有她童年隨手的塗鴉，陽光從左側老式的壓花毛玻璃窗透進來，整個房間的塵埃若金，緩慢漂浮著。那個下午好像過了許久，想起來卻又覺得是太飛快了。我和另一位友人和L說了許多的話，各自努力說著生活中有趣的事，而那些話語底下隱隱藏著的是，面對已然知曉的死亡，我們的無話可說。

L因為腦部神經受到病毒壓迫，藉著我們的攙扶，時而坐在床上，時而躺下，因為左半身完全失去知覺，好幾次若沒有我們出手相扶，她便會跌落床鋪。談話的裂縫中，窗外傳來熱鬧的鳥鳴，望過去可以看見亮晃晃的窗戶上有拍動翅膀的影子，L躺在床上悠悠地說：「總共有三隻鳥，我認得出牠們的叫聲喔，我常常在小房間裡跟牠們對罵。」又忽然坐起身，把右手微微平舉：「我好像在衝浪喔，每天都在衝浪，頭很暈很暈，連躺著都在衝浪。」

離開L家之後，一時間竟無法真正離開那屋子與房間，以前太常聽見L說家裡的事情，總是模糊的拼湊著她家的模樣，第一次走進這棟屋子，所有在腦海中的扁平的想像，瞬間立體而鮮明。搭火車的時候L的房間在背上，走在街道的時候L的房間也在背上，回到自己的房間時L的房間仍在背上。

那個晚上，我夢見了L，夢中的她左半身與右半身的手腳皆靈活，在海面上踏著一塊橘色衝浪板，很開心的樣子，一陣子後她跌落海水中，救生員將她抱到岸邊，她咳出了一些海水，將被沙粒沾黏的右手放到頭部，忽然便將頭腦像一個盒子那般的打開，她指著裡頭說：「好痛，可以幫我看一下嗎？」我往裡頭一看，一團又一團密集而螢光粉紅的福壽螺卵黏著在她的腦殼，數隻福壽螺正用牠們銳利的鋸齒狀口器，滾動吃食著L的腦部（那是我從前在一本昆蟲圖鑑上看到的，蝸牛或螺類的嘴巴裡其實藏著鋸齒，術語為齒舌，第一次看見時頗為訝異，原來腹足綱這麼柔軟的身體裡藏著一把不斷滾動的鋸齒刀，如今這個記憶凝縮置換到夢境裡頭，並且放大了那鋸齒狀的口器），我將手伸進L的腦袋，將那些螢光粉紅色的卵取出，拔起那些正在啃食L腦部的螺，但很快的那些可怕的粉紅色卵便繁殖增生，霸占了L的腦部。

我驚醒過來，確認枕頭邊沒有任何粉紅色的卵，並且在從夢中回到現實的過程中，悲傷的意識到L的病不是一場夢，不是醒來還能說幸好是夢的殘忍真實。我們住在同一棟樓，她來敲我的門告訴我她被檢查出腦瘤的那日，我正好把切好的番茄、洋蔥、馬鈴薯、玉米等食材扔進鍋子，並且按下電鍋按鈕，本來這鍋湯煮好也是想給L喝的，因為那陣子她常告訴我她頭暈想吐，身體不適，我想她該吃點營養的。L說：「醫生用他自己的手機打電話給我，要我立刻進急診室。」我扔下那鍋湯，便和L一起打包簡單的行囊，目送她被男友載到醫院，回到房間時，那鍋湯已經煮好又涼了。

隔天去醫院時，L還在急診候位間等待人滿為患的病房，接著她開刀，摘下小小的帽子指著頭上的縫痕說：「我的頭現在像一顆棒球。」然後搬回家裡。

一切宛如火光，都是在瞬間被點燃的事情。

那段日子卻彷彿暗了下去，可能也沒有明或暗，僅是披著一層影子般灰樸地轉動著。滑手機時看見昔日的朋友每天都在ＩＧ上寫下突然慟失男友的文字，學長用僅剩的左眼和我視訊，一早想起毫無斬獲的論文進度感到恐慌，接近天黑時便想起該趁著陽光完全消逝去超市買些蔬果，彷彿如此便能及上生活的轉輪、企進一些將滅的光亮。

把買回的蔬果煮成湯或菜餚讓我感到寬慰，小鍋子裡的蒸氣竄湧，讓上頭的蓋子喀拉喀拉的響著，我知道裡頭有如此明鑿的時間，將蓋子掀開時，裡頭不會是空洞，它或許是這個小房間裡最為明確且具有溫度的事物了。

常常在經過L的樓層時，想起L的一切已經不在那個房間裡，像是被連根拔起的一株植物，那個位置忽然什麼也沒了。漫無目的地在網路上搜尋星狀惡性腦瘤的資訊，竟全都指向死亡。幾個岔出的網頁寫著製作蒜頭醋的方法，說是喝了後癌症奇蹟似地復原了。

那個下午我剝了一整袋的蒜頭，手指紅腫脫皮，看著那白潤完好的蒜頭如嬰孩般微微曲著身，猛然意識到這大概是我距離死亡最近的一次。

暗下的不只日子，那在玻璃箱中緩緩爬動的螺殼，那樣鮮豔的紅，也像誰關了燈一般暗了下去。熟稔水族知識的朋友告訴我，螺的殼在過酸的環境中是會溶解的。在水中添加了能夠使螺殼更為堅固的珊瑚石，過了幾日那殼緩緩地亮了起來，又過了一陣子後終究還是不明所以地暗了下去，不動了。

觀察了好幾日，確認那螺並非休眠，而是真的死了，便想將那殼從水中拿起來，沒想到那針狀葉片的水草竟然勾到螺肉，一下子便把那螺肉從殼分離抽拉出來，那灰灰的、小小的肉體便在水中慢慢浮起，我將殼扔回水裡，終於忍不住嘔吐起來，酸液燃燒著食道，那種不適與灼熱，我想起嘔吐其實是L的日常，因為腦神經受壓迫的緣故。

那次搭火車到L居住的小鎮找她時，她還不那麼經常性的嘔吐，還擁有能夠走動的身體，那也是我第一次到L居住的小鎮，我們坐在八十五度C喝冰奶茶，胡亂在街道上走著，L告訴我鎮上有一間三層樓高的大寺廟，我說想進去看看。

我們在一樓跟著人潮拿一束香，看著小爐裡的火將它們點燃，紅紅的一亮後，便是不停掉落的灰，四處都是白色煙霧，都是祈求。將一樓的觀音、城隍爺、藥師佛、文昌等拜完後，L便因為頭暈坐到一旁休息，我獨自走上二樓用雙手敬拜。走上三樓時，大大的廳堂只有我獨自一人，一些不那麼常見的神明在我眼前密集地排開，我一邊膜拜一邊祈求著，心中卻明晰地知道這些神明並不能阻止L腦中的腫瘤惡化。我走向三樓外邊的廊道，往下看見九龍池仍然流淌著水，水聲漫上來，池子底躺著許多硬幣，陽光淡淡地照耀著。

那日晚上，我們走到鎮上一個小型夜市，溫黃的燈光下，每個攤販似乎都冒著蒸汽，周身的線條彷彿被輕輕地擦拭，帶著朦朧的視覺，我和L隨意地走著聊著，話語中斷的時候，周圍的燈光好似特別亮，我們交疊的影子各自懷著心事。夜市雖然是小型的，但L因為頭又劇痛起來便先行回家了。我折回去繼續逛著，想在這一片溫黃中，散出心底那濃霧般的空寂。忽然，看見一個彷彿應該是出現在墾丁大街上的突兀攤販，掛滿以各色貝殼串起的風鈴、植物種籽，繽紛的色彩與周圍樸拙的衣物、手機飾品、髮飾形成一種對比，我好奇的停佇在攤販前，戴著牛仔帽的老闆舉起手碰撞了一下那些掛著的貝殼風鈴，發出喀拉喀拉的聲響，最後我買走了一個原本只是擺飾用的白色螺旋大貝殼。

小鎮空無一人的火車月台上，我望著那延伸到黑暗中的鐵軌，四周一片靜謐。我拿出袋子裡的白色螺旋貝殼，輕輕地放在耳朵旁，聽著那海浪似的聲音，彷彿看見那拂著白色泡沫的浪在沙灘上來了又去，來了又去。

僅是來了又去而已。

所謂日子

日子忽然被推入斜坡，如一顆小小的果核，在不斷的滾動中，先是黏上了塵埃，幾根被染得烏黑的羽毛纏上來，然後是暗沉的砂礫，接著是大量的損壞收音機般的嘈雜聲，交錯不停、慌亂的光和影。

我的日子，本是一顆小小果核，漫著美麗而天然紋路的日子，就這麼被一個斜坡包覆再包覆，最後它什麼也不是了，有時候我看見這團怪物停下來，我仔細的撫摸它、用不再靈敏的鼻子嗅嗅它、最後把它裝入我的眼中。「這裡已經沒有其他東西可以再捲進來囉！」我用很輕的聲調對我的日子說，它沒有說話，只是安靜的蜷縮起來，躲在我眼裡最柔軟的地方。

它用一雙清澈的、嬰孩般無辜的雙眼看著我，好像我是一個罪人。

我看著這團怪物，輕柔地擁抱著它，漸漸的習慣了它滾下坡道的規律，有時候，好像什麼都平穩了，我和這個滾動的規律似乎合而為一了，但當回頭看見這攤東西，發現我擁抱的根本什麼也不是，而這團怪物，是我一手將它推入斜坡的。

我內心的懷疑如烏雲般密布起來，這是我想要的日子嗎？日子被質疑得很無辜。我看著眼前以各樣形式的文字堆疊起來的一塚一塚的山丘，一股深深的無力感地震般搖晃著，但這些山丘沒有被震碎，沒有被夷平，依然神氣地站立著，像那些臉上不斷冒出的固執痘痘，我已經很久沒有長痘痘了，望著額頭上的痘痘，它們不速之客般地入侵我的額頭，H說：「就跟你說你還青春。」他躺在沙發上，不以為然。H常常盯著我，用一種感慨的聲音說：「唉年輕真好！」事實上他也沒有多老，但卻一直認為自己老了，他最常掛在嘴邊的一句話就是：「我已經老得推不動日子了。」

這句話讓我想到宮崎駿的電影，女主角在得罪荒野女巫後，隔天起床在鏡中被自己衰老的容貌驚嚇，她離開了家，在一棟奇怪的城堡中展開一段光怪的日子。有一幕她坐在湖邊，體態臃腫神情衰老，卻安詳的說道：「怎麼會如此寧靜呢？好像內心真的得到了拯救。」這句話放出了大量的光芒，我明白到，女主角真正的日子是現在才開始的。我和H說：「或許變老也不是什麼壞事吧？」H只是搖搖頭。

努力、努力、努力，日子被推下斜坡後我不斷對自己說，要努力，努力往上爬，成為一個優秀的人，所謂的優秀是什麼？早睡早起、每日記帳、記事本爬滿待辦事項、規律運動，我每年都買一本記事本，每年裡頭都慘澹得如忘了換水的水族箱，幾枝枯萎的水草飄著，刮一下表面還有厚厚的黃垢，但卻有幾隻孔雀魚仍擺動著尾鰭展現牠們出淤泥而不染的豔麗人生，至少還是有生氣的。但當日子開始被推到一個快速滑落的坡道時，這一年的記事本開始忙碌了起來，每日換水、扔擲飼料、清理汙垢，好像水族箱本來就該如此潔淨，好像擁有一個水族箱本該如此忙碌，我如一顆陀螺般打轉地照顧這個水族箱，但當我停下來一看，魚卻都死了，牠們死了許多時日，亮麗的鰭早已成為死屍的灰白，我打了個寒顫，並且因為這樣從此不敢吃小魚乾，「這不公平！」我抗議。「那你為什麼要把水族箱搞成這樣？孔雀魚本來就無法活在太乾淨的水裡。」H慢慢地說著。我愣住了，過了很久我緩慢地吐出：「因為人們只欣賞潔淨的水族箱。」H沉默，他沒有再說話，但我知道他想說什麼：「為了一個欣賞？」

或許是吧。當日子被調換成白晝比黑夜多時，我的心就開始變得庸陋，這當然是我個人的問題，有時候我甚至懷疑自己上輩子是夜行性動物，但這個世界對夜行性動物並不友善，久了身體便要全盤崩毀，有時候我很生氣，這是種根深的歧視吧！白天的陽光將所有事物曬出一種機械的氣息，一種科技文明的壯勢、一種強光照射的霸道，白天的我昏沉地上課、說話，直到地平線吃掉最後一口陽光，才忽然覺得自己終於醒了過來。但為了下坡的日子，我必須堅強起來當個健康的人，必須當一朵向日葵，吸滿陽光，我強迫自己早睡，每天都感到空洞，好像一天還沒開始便結束了，我緊盯著時間細細的腳，當它一走到那個數子，便必須躺著，死亡般地躺著，更慘的是，從這時開始，什麼都與數字扯上關聯，像一大串甩也甩不掉的鑰匙，手機冒出了一個記帳APP，每天睡前我都痛苦地回憶著整天吃了什麼，買了什麼，再輸入一個又一個的數字，我看著餘額，惱怒了起來，你們到底憑什麼來窺探我的人生呢？H看著我與數字奮鬥，揶揄地說：「你會成為富婆，我則是越來越窮。」我無奈地看著自己被數字攻占的生活，想起《小王子》裡的精明的企業家，他每天都忙著算數，小王子說：「你們大人就是那麼愛數字！」我恍然大悟，意識到原來自己成為大人。

我的日子成為一團奇怪的龐然大物，它披散著灰塵與毛髮，像一顆瘋子的頭顱，我一手遮住眼睛，一手撫摸它，那乾燥的感覺就如同百年未喝水的植物。

面對日子的無力感一直到H出現後才真正地描出清楚的輪廓，這或許是因為我和H是多麼的相似卻又相異，我在那片亮白的世界遇見H，他用那張略微蒼老的臉龐為我朦朧的世界構築了一棟清晰的房子，在其中我可以聽見他猶如透明玻璃般清朗的語調，那種語調撫平了我內心因為面對世界的荒謬而起的無數困惑毛球。我們各自成為一個水潭，中間卻又有小橋般的水流使我們得以聽得懂對方，我流得過去，他也流得過來。如果說這世界上真的有誰聽得懂我那麼我想只有H。

我想那或許會是我這一生，至少到目前為止，說最多話的時刻，更精確的說法是，我說出最多「我想說的話」的時刻，H那邊的水潭像永遠不會滿溢似的，容納著我所有透明的想法，後來我發覺我們對日子的感受幾乎相同，苦悶與無助，像是軀體只是一個暫時彌留的空殼，而靈魂的渴望自由卻因這個殼子倍受毀壞。H出現以前，我一直試圖掩藏這種想法，我該如何向人訴說日子之於我的空洞，我內心的真實風景：荒涼與殘破。我聽同儕們說話，並且與他們說同樣的話，說完總感到內心更加破碎，因為沒有一句是我內心真正的想法，就如同他們眼中的我並非真實的我，但什麼又是真實？沒有真實，最大的真實就是虛偽。

把自己包在一個完好的殼子，買衣服與鞋子，花錢整理頭髮，像在布置一間空無一物的房子。有時候我不懂日子明明是穩健的，它似乎看似飽滿，何以我的內在總是空的？陽光明明將我們曬出健康的影子，何以內在如此荒涼？荒涼到要抓緊所有來抵抗這種荒敗感，我們再無法擁有什麼，能擁有的不過是手中的一瞬。

H出現以後，所有的所有都變得具體了。

那個冬季，H每天騎著白色的老摩托車，那老舊的白漆上有幾抹黑色的油漬，像抓住白色冬天，一雙又一雙細弱的黑色枯枝，像飛不動的雁子。我和H穿著黑色外套也像飛不動的雁子，我們下了摩托車，爬上堤防，堤防後有一條河，有時我們看著河說話，有時我們靜默，我喝咖啡，他抽菸，他總會很體貼的先觀察風向，不讓我聞到菸味，我看著H那張略顯蒼老的側臉，他吐出白煙，菸頭橘紅的發亮，像一隻璀璨的眼睛，此時H的眼神特別光亮，不知道為什麼我想到廟裡拿著香的自己，與母親一同拜佛，母親的念念有詞總是特別冗長，我說完了，便呆呆地看著香，看著那點橘紅不斷地流出筆直的白煙，我無聊地晃動著香，灰色的香灰崩落下來，煙的飄動跟著擺浮，像我手中拿的是筆，那些煙如字，對母親而言這些煙是心裡的話，她把所有的意念都集中在這炷香，煙裡有母親的信念。

我忽然碰了H的菸，白色的煙抖動了一下，「幹麼？」「沒事，只是覺得這畫面很熟悉。」或許菸是H的香，煙裡有他的信念，「你抽菸的時候都想什麼？」「沒想什麼呀。」他頓了一下，「其實，我不喜歡抽菸，但是，該怎麼說呢？抽菸能夠讓我看清楚日子與生活的輪廓吧。」「聽起來像是種媒介。」「Maybe。」我可以了解H的意思，就像黑咖啡之於我像是種面對日子的象徵，久了便戒不掉了。

在那個冬季的清晨，我們每日來到河邊，說一些零星的小事，或奢侈的沉默，河緩緩的流動著，時間快速走過。這是我對於白天最好的回憶，為了與H見面，在清晨將自己拔起，街道還空涼，人煙稀疏，我從沒想過早晨能夠如此清美，陽光薄得像紗，如同後來我在夏日憶起這段回憶的不實，一切都恍若夢境。

如果人生有上坡與下坡之分，和H在一起的那個冬季便是不可取代的上坡，坡上有光。

有時我會懷疑與H在一起的這道坡還是不是在世間？我們用彼此能理解的語言講一些彼此能懂或不能懂的話，無論能不能懂，重要的是可以理解，與H越靠近，越覺得自己遠離了現世的光景，我們的談話如輪子般滾動，我們在一台隱形的列車上，慢慢地被載往另一個虛無的所在，那裡有極白的光，光裡有不存在的獨角獸，我看見牠頭上美麗的角瑩瑩地流爍著一種安靜的銀色，那裡沒有任何人了，沒有任何房子車子與噪音，一切靜謐得彷彿不存在。然而這確實是不實的，但每當我與H越是靠近時，這樣的感受便越是清晰，好像我若再擁有一個勇敢的腳步，便能夠騎上獨角獸，永永遠遠的離開。

但我仍舊無法如H那樣灑脫，好像世間用怎樣的法則轉動都與他無關。後來，H消失了。我的日子一併坍塌下來，當然這所謂的坍塌是對比出來的。H走了，生活被抽出另一端的支柱，便那樣斜了下去。

我知道H會消失，在認識H的一個月後，便時常看見和我一起坐在河邊的H忽而變得透明，有時候他的身軀淡到比他吐出的煙還要稀薄，我看著他透明的身子，沒有說出半句話，我不知道H知不知道自己會消失，消失後又到哪去了？

我獨自面對著那塊在沼澤中的日子，好像隨時會被那濁綠色的液體完全消化，我繼續和數字搏鬥，然而沒有一天贏過，我很想知道H在哪裡，他戰勝了我們一起為之所困的數字了嗎？在現實裡我假裝沒有H這個人，沒有對任何人提起H，或許因為自己也開始懷疑起那段霧白的記憶中，H真的出現過嗎？我寫了一封又一封的信，我說日子依舊暴力，但在你離去後一切都平靜了，平靜不代表安穩，而是更寂靜的絕望。我一個字一個字地寫著，再一封一封的撕碎，碎片化為那些銀亮的、無法抵達的星子。

我根本沒有H的地址。

有時候我會想H或許死了，他到了那個極白極亮的世界，他觸摸到獨角獸那琉璃般美麗的角，而我卻再怎麼樣都記不起當時的感受，我的日子嘩的一聲秋葉般枯黃的散開來，踩過去有清脆的碎裂聲，雖然一切看似都好了，都平靜了。

列車滑開黃昏的濃稠，成為一抹黑色的痕跡，裡頭坐著一個用枯葉堆起的人，笛聲響起，如遠山傳來的鳥鳴，輪子快速滾動，甩出陣陣風聲，它將開往暮色最深的地方。時間走到一點，我爬上床，蓋上一片勻整的深黑。

（本文獲二〇一四年東海文學獎）

阿泠

我在八樓的飲水機前裝水，拿了四個大瓶子，準備一次裝足水量，便不必一直走出房間。朝走廊上成排的窗戶望出去，可以看見對面公寓的頂樓，那是一棟約莫只有四五層的公寓，居住外勞，我常常在裝水時往他們的頂樓張望。

頂樓呈現一幅荒蕪破敗的景象，到處散落著布幔、垃圾、傾倒的盆栽、廢棄的家具。中間有一張老舊的紅色沙發，右邊有幾個水塔，我常看見一個健壯的外勞，秀出手臂的肌肉，對著水塔反射的扭曲身影揮拳，晚上他們會窩在水塔邊烤肉與唱歌。

今天則在頂樓一堵小小的水泥牆邊，看見一個外勞掏出陰莖，身體傾斜的撒起尿（那毫不造作的姿態委實令人欣羨），另一邊一個男人從樓梯走上來曬衣服，一整排顏色駁雜的衣服，每一件看起來都亟欲掙脫衣架飛向藍天。

右側的走道忽然傳來電吉他的聲響，我捧著四罐裝好的水朝那聲音走去。

走廊很細很窄，像一口荒廢的井，散落著鞋子、紙箱，綠黃色的陽光像青苔一樣匍匐著冰白的瓷磚，這幅情景搭配悠緩低沉的電吉他聲調，使人產生一種虛幻的感覺，時空一下被抽拉得很稀薄，恍若異境。

那緩慢的電吉他旋律將空氣渲染成憂傷的色調，音符拖曳的尾音由濃轉淡，像漸漸失去光亮而下墜的流星，我一邊聽著這帶有宇宙荒漠感的聲音，一邊抱著四瓶沉甸甸的水走下樓梯，感覺自己正在遠離一個夢境。

回到房間，打開水瓶咕嚕咕嚕的喝了半罐。維繫人類存活的基本條件。水很冰涼，我緩慢的喝著，感受它從嘴巴流過食道，一直匯聚到胃裡，像一個透明而純粹的孩子。

走出房間，便是必須執行的日常，十二月的中午，世界仍然處在燠熱的狀態，我在心裡揣想著末日，想著冰河時期忽然的降臨，被凍結的瞬間，死亡的瞬間，我會定格於怎樣的姿態？體內是否殘留著昨日未消化的穢物？誰能見證這片安靜無聲的冰白？

「逼——」推開大門，幻想終止。機車呼嘯而過，工業區傳來的臭氣依舊令人作嘔。人們依然在交談，不斷的發表各式各樣的意見，以唾沫證實自己的存在，而我卻經常在那種眾聲喧譁的場合中感受到自己忽而的剝離。明亮的空氣中飄浮著灰塵似的詞彙、音調、表情，我卻無法感受到他們的存在，好似在跟一群幽靈交談。又一陣驚慌，燈光閃爍，所有人的臉面又忽而清晰起來，我意識到其實自己才是幽靈。

對於任何一個善待我的人，我都心懷莫大的感激，卻又沒有一刻不感到害怕，總感到一股愧慼。但是吳霖不同，吳霖不曾善待我，卻又是愛我的，我們可以感受到彼此，因為我們身上都流動著那種幽靈獨有的低溫。

經常在家教之後想見到某個人，但又不願意說話，此時便會很想待在吳霖身旁，可能因為家教經常是一天當中需要扭擰出最多話語的時候，整副身軀都微微變了形。吳霖可以接納我的無聲，在他身旁可以慢慢恢復一些事物。

「收您一百元，需要塑膠袋嗎？」我躲在高高的收銀桌底下，聽吳霖那字正腔圓且極不自然的語調，想像他臉上支架起的僵硬微笑，心裡暗自竊笑，卻也夾雜一絲複雜的心緒。因為那是吳霖努力去生活的模樣，像吳霖這種如風一般的流浪之人，也必須臣服在生活那冰冷的齒輪之下，一想到這景象便感覺有些難受。

「這雜貨店到底為什麼還沒倒啊？」

「這世界就是這樣啊，存在很多你覺得不會存在的東西。」

十一點，嘩啦嘩啦地拉下這間老舊雜貨店的鐵捲門，我們會一起去某處待著，有時候是公園，有時候是河堤、我家的頂樓，或是雜貨店那充滿灰塵的倉庫。今天我們一起到我家的頂樓喝啤酒、抽菸，我的酒量很差，喝一點就會開始暈眩，胡言亂語，我不停地唱歌，大聲地唱著，從中文歌唱到英文歌再唱粵語歌，有種痛快的感覺，好像從身體裡嘔出一堆羽毛，羽毛讓我能夠組成翅膀飛翔。

那天的風很大，吳霖菸頭上的亮橘色火光不斷碎落到地上，風把它們吹拂得像一條小小的銀河，在白色的地板上竄流，黑暗中極為美麗。

我和吳霖說早上看到外勞撒尿的事，並且鉅細靡遺的描繪他們的頂樓，烤肉的氣味與聽不懂的歌，吳霖聽了哈哈大笑：「真希望活得像個外勞，每天工作、抱怨，寄錢回家。」吳霖停頓了一下，不帶情緒的說：「真希望我也有個家。」

他在很年輕的時候就離開家裡獨自生活了，我經常羨慕他，很多時候我抱有想遠遠離開的衝動，但卻無法做到。「別傻了，有一個家還是很不錯的。」吳霖吐出一口濃白的煙，一陣風很快地將它吹散了。

吳霖的家就在雜貨店樓上一個小小的房間裡，雜貨店的老闆是一個生活寬裕的人，根本不在乎這間雜貨店的營收，留著這間雜貨店只因為是他們家族一代一代傳下來的店。當吳霖提出住在樓上的要求時，老闆一口便答應了，房租極為便宜。

頂樓的夜景很美，幾乎可以看見整個台中市，空氣難得清晰，每顆燈火都燦亮著精神，好像在遠方籌備著一場盛宴。

「你有想過家嗎？」

吳霖沉默了一會兒。

「差不多在我離家五年吧，有一天我忽然很想隨便去哪旅行，就一個人租了車，開到合歡山，本來想當天來回，沒想到傍晚時忽然起了非常濃的霧，根本看不見前面的路。」

吳霖從口袋裡拿出被擠得扁扁的菸盒，在大風裡點了第二支菸，由於風實在太大了，吳霖點了好幾次打火機才成功的將菸點起。我看著那微微顫動的橘色的火光，在黑暗與風中看起來有點像一顆微小的，發亮的心臟。

「所以我就找了一家旅舍進去過夜了，旅舍裡人很多，都是因為大霧而下不了山的人。那天晚上我睡在大通鋪裡，生平第一次跟那麼多陌生人擠在一起睡覺，根本睡不著，我記得我躺了很久，聽著此起彼落的呼息和打呼聲，忽然感覺到一種難以忍受的孤獨。」

「因為想家？」

吳霖沒有回答，自顧自地說下去。

「我爬起來，推開門到大廳，那天晚上真他媽的冷，害我又折回去拿棉被裹在自己身上，回去拿棉被的時候，忽然有一個小男孩從大通鋪裡爬起來走到我旁邊，他說：『爸爸，我要去廁所。』」

「我在黑暗中對他搖搖手，用氣音說：『我不是你爸爸。』但小男孩彷彿沒聽見，又說了一遍：『爸爸，帶我去上廁所。』沒辦法，我只好帶他去廁所。」

「我在一旁的樓梯抽菸，等小男孩出來，望著空蕩蕩的大廳，正當我沉浸在這種渾圓而寂靜的氣氛時，小男孩從廁所裡走了出來，忽然往右邊跑去，我愣了一下，趕緊把菸丟到地上踩熄，追了過去。」

吳霖拉了拉左邊的袖口，把手掌藏進去，右手夾著菸，繼續說：

「小男孩一直跑，跑過窄窄的走廊，推開一扇門，冷風馬上灌了進來，我跟著他衝出門。看見小男孩抬頭看著天空，我跟著他的視線往上看，才發現山上的星星那麼多那麼亮，我走過去，把裹在自己身上的棉被攤開，包住小男孩，我的手背不小心碰到了小男孩的手，才發現他的手非常冰涼。我們靜靜的看著滿天空密密麻麻的星點。」

「真是太壯觀、太美了，好似那張薄翳的天空好像會承受不住那過於密集的光亮而破裂似的。」

吳霖停頓良久，彷彿在思憶當時的星空，嘴裡吐出好多煙。

「但是，真正讓我想起家的，是小男孩映照著星點的雙眼，那雙眼睛在那個當下看起來很深，好像永遠沒有盡頭，可以把所有美麗的事物吸納進去。」

吳霖搓了搓鼻子。

「那後來呢?小男孩怎麼樣了?」

「我們就回到大通鋪睡覺了,不過隔天我沒有再看到他,可能是跟家人先離開了吧。」

「說不定是幽靈啊,那小男孩聽起來蠻詭異的。」

「哈,是幽靈的話也不錯,我一直都很想見到它們的。」

吳霖臉上勾起淺淺的笑。

遠方的燈火看起來更熱鬧了,像是盛宴已經開始。吳霖在大風中告訴我,他在遇到這個小男孩後,內心忽然燃起了一種想要豢養什麼的強烈渴望,那渴望像一座噴泉般不斷湧出水花,日日搔癢著他的心。於是他豢養了阿冷。阿冷是一隻變色龍,我只看過牠一次,因為阿冷養在吳霖的房間裡,吳霖不太喜歡別人進去他的房間。

他的房間很空曠,除了阿冷的飼養箱外,只有床、衣櫃,和一張木質書桌,書桌上凌亂地堆一些書，我瞄了一眼，看見疊在最上面的是《變形記》、《嘔吐》、《地糧》，從窗戶看出去，正好可以看到一棵枝葉繁茂的榕樹。阿冷養在窗戶旁一個玻璃箱裡，吳霖將它擺在一張與窗戶下緣齊平的高腳桌上，方便讓牠曝曬陽光以獲取溫度。

那整個下午，我幾乎都在觀察阿冷，看吳霖將活蚱蜢扔入飼養箱內，阿冷會審慎地張大雙眼，古溜古溜的打轉，再以閃電般迅捷的速度從嘴巴裡彈射出長長的舌頭，將蚱蜢一擊斃命。不知道為什麼，那種專注的狩獵者姿態深深地打動著我，那瞬間我感受到阿冷體內屬於野生生物所持有的，爆發的野性。

吳霖將阿冷抓到我手上，我輕輕地撫摸阿冷那充滿顆粒觸感的僵硬皮膚，冷涼的皮膚。阿冷因為到了一張陌生的手掌上而產生警戒，變成了深綠色，周圍布滿鮮豔的黃色和橘色的斑點。

吳霖將阿冷抓回自己的手掌，不到二十秒的時間，阿冷又變回原本的粉綠色，淺淺的黃色條紋，牠安心地閉上雙眼，像一片安靜的葉子。

「很多人都以為，變色龍是隨著環境變化而改變顏色的，其實根本不是。」

吳霖用食指輕輕地撫摸阿冷隆起的背脊和尾巴，阿冷的眼睛始終閉著。

「牠們會變色，主要是因為牠們的情緒有了變化，或牠們與同伴需要溝通，牠們的變色是很個『人』的，好像牠們那起伏的皮膚也具有自己的生命一樣。」

吳霖將阿冷放回那長方形的玻璃飼養箱裡，阿冷攀在一截樹枝上，渾圓的眼睛又古溜古溜地轉動起來，吳霖說的變色龍知識，我一點都不知道，我感到微微的羞恥，所以沒有回應，吳霖大概也感受到了，我們便一起看著阿冷，什麼也沒說。

那日回去以後，我的日子依舊乏味地轉動著，寫字、看書、家教，偶爾自己煮些東西來吃，倚在走廊那排窗戶觀望對面的外勞，看他們赤裸著上身躺在青綠色的上下鋪，另一間房間的女人常坐在窗邊梳長長的頭髮。有一次，某間房間的外勞們發現了我的視線，開心地對我招手，喊一些我聽不懂的話，我即刻本能地閃到另一端。

但我應該也要開心地對他們招手的。

因為從某一日開始，他們忽然消失了大半，原本群聚在樓下抽菸聊天的人群也不見了，外勞專有的雜貨店也拆掉了，我一直記得櫃檯下方有一個很大的魚缸，養著七彩的熱帶魚。再度張望過去，亮燈的房間變得稀疏，整棟公寓好像融化了一半，不知為何心裡有點悵然。後來才聽房東說，他利用關係將他們一部分人遷走了，因為擔慮來看房子的學生心生畏懼，有礙觀瞻。我無所表示，只是感覺有張淡淡的烏雲在心上拉開。

房東似乎突然想好好整頓這棟老公寓似的，又是將垃圾場漆上油漆，又在電梯內新裝上感應扣，還將一進門的大魚缸整缸翻新了。

我正好見證了魚缸空蕩無水的時刻，裡頭原本爬滿的黯綠青苔、飄搖稀疏的水草、充滿魚糞的底砂、僅剩的幾隻笠螺、溪蝦都被清空了。

我想起有一次看見原本黏附在玻璃上的橘色吸盤魚忽然死去，屍體馬上成為慘白色，倒在稀疏的水草旁，像一個小骷髏，我每天看著成群的蝦子在牠身上揮舞著兩隻前腳，把屍肉往嘴裡送去，兩週後那屍體終於幾乎完全地消失了，剩下一塊非常薄的白色軀殼，每次經過總會看上一眼，感覺有些慘澹。

設缸造景師傅正從魚缸後面將大塊的石頭、木塊放進魚缸裡，底砂已經倒好了，由原本的細碎砂石成為較大顆的石頭，師傅的手再度伸進魚缸，植入幾株深淺不一的水草。

「等一下就會放水和新魚嗎？」我好奇的問。

「魚明天才會送過來喔。」

代表這個魚缸暫時會空落了，像是失去靈魂那般。

心情莫名的鬱悶，只是為了這些無趣的小事任誰聽了都會感到無聊可笑吧。突然想起阿冷，雖然只見過一次，印象卻很深刻，但也有些害怕牠那雙渾圓如滿月的眼睛，牠的兩隻眼睛可以同時看兩個方向，我唯一見到牠的那個下午，就看見牠右眼望向我與吳霖，左眼卻斜到另一邊不知在看些什麼。牠那兩隻不必聚焦的眼睛看起來有點像外星人，而我將永遠不會知道，牠的眼睛能夠同時看見什麼。

用 LINE 傳訊息給吳霖：「抱歉，我今天能去看看阿冷嗎？」不知道為什麼，忽然很想觸摸阿冷那冰涼、帶有顆粒的僵硬皮膚。

一直等到吳霖下班後，才跟著他一起進到他房間。我看著玻璃箱裡的阿冷，已經長成一個手掌般那樣大了。我將手伸進去玻璃飼養箱中，輕輕地撫摸牠，這種真實的觸感讓我得到一絲安心，接著阿冷緩緩地變成了橘紅色，像一團火焰，但摸起來還是冷涼的。

「變色龍可以擁有各種鮮豔的色彩，但無法擁有自己的溫度。」腦中閃現這樣的字句，我用手支著下巴，坐在床緣愣愣地看著阿冷，心想這也許是一種交換。

那個晚上，我將身體貼在吳霖身上，感受他陰莖的勃起，我將手伸進他的褲子，握住。這種僵硬的感覺讓我想到觸摸阿冷時帶給我的那種安全感。這個晚上我好像忽然很想確認這個世界是具體存在的，想碰觸一些記憶中清晰可感的物體。吳霖的陰莖在我體內時，我清晰地感覺到一股親密的熟悉嵌在我體內，我緊緊擁抱著吳霖，想把這種感覺烙印在身體裡的每一個器官。一顆晶瑩的汗珠從他削瘦的臉頰流下來，不偏不倚的滴進我的眼睛，一陣輕微的刺痛，我用力地閉上眼睛。

黑暗之中，我的腦內忽然大大的放映出阿冷那雙外星人般渾圓的眼睛，想到他可能正用一隻眼睛看著我們做愛，另一隻眼睛則不知斜向何處，身體不禁顫抖了一下，爬滿疙瘩。

吳霖終於沉沉地睡著了，看著他的臉龐，突然想到認識他這麼久，也做過幾次愛，今天卻是第一次一起過夜。不知道是不是因為這樣，我完全地失眠了。我側身躺在床上，一直盯著從門縫透進的那道細微白光。

吳霖習慣在外頭留燈。這道細瘦的白光讓我想起童年時經常莫名升起的恐懼。那種感覺是非常清晰的，即便過了這麼多年，我幾乎敢肯定沒有虛構或變形這段記憶。

小時候每天準時九點被趕進房間睡覺，總是搬了許多玩具到被窩和弟弟玩，弟弟總會先睡著，房間便只剩下我一人獨自面對黑暗。我總盯著房門下那痕細細的光亮，幼小的我在黑暗中，貓一般睜著眼睛，一動也不動地盯著那道光，害怕這道光會突然崩散。

在這道細瘦的光裡，不時能夠聽見客廳的電視傳來歡快熱鬧的聲音，父母的笑聲穿夾在其中。像窄窄的水管游動彩色魚群。

每當這種時刻，我便會突然感覺到強烈的不安，彷彿門外是一個光亮歡樂的世界，而我永遠地被隔離了。隔離在一個黑暗的小房間裡，而陪伴我這一生的所有光亮便是那痕細小的白光了，只有這麼多而已。當時小小的我很自然地流下眼淚，一直流到睡著為止，眼淚的鹹不時在嘴唇擴散。因而想起彼時的房間，除了那道光、聲音之外，還有鹹苦的味道。

有時候我會承受不了那種孤單，而打開門讓光線刺在身上與眼睛裡，瞳孔會忽然縮起來，瞇著眼睛去找客廳裡的父母：「睡不著。」父母有時候會讓我跟他們窩在沙發上看一小段電視，當時沙發上的花紋有著雨林的顏色，電視經常播放的是陶晶瑩與謝祖武演的夫妻小鬧劇《安室愛美惠》。

每到廣告我便會被趕回房間睡覺。

再度回到黑暗的房間中，總是有更具大的孤獨海浪般襲來。

所以，其實大概在那時候便朦朦朧朧地認識了孤獨，明白我與這個世界的關係。總是隔著一層什麼，而透進我世界的光也只有那痕細瘦的分量。

透進我世界的光只有那痕細瘦的分量。

想到許多人都會離去，許多事物會消失，雖然都知道是必然，但還是無法不感到難受，像是那些消失的外勞，空曠翻新的魚缸，還有吳霖。吳霖也是會消失的，每次同他見面，總感覺像夢，像一個太過真實的幻覺，他注定要漂泊下去，而我將持續被自己困住。所有的人事物總會推開門，走向那光線大亮的所在。

我吻了吳霖，然後躡手躡腳地收拾東西，搭了計程車回家，抱著自己的棉被，深黑之中，久違地放聲大哭。

過了幾天，吳霖打電話跟我說阿冷不見了。那是我第一次感受到他的慌張。我們先一起把房間翻找了一遍，拿手電筒照耀每個角落，但是都沒有阿冷的蹤影。

二樓被翻遍後，我們便拿著手電筒到一樓雜貨店販賣處，吳霖負責看看阿冷有沒有藏在什麼貨品之間，而我拿著手電筒檢查貨櫃、冰箱下的陰影處，我一直感覺會在某一個貨櫃下的陰影中看見阿冷，手電筒的燈光會把牠圓滾的眼睛照得很光亮，牠會受傷般的瞇起眼睛，或是毫無畏懼的瞪著那光線，然後在一瞬間變色。

但是沒有，我們什麼也沒找到。

「為什麼一隻變色龍會這樣忽然就消失了？」我聽到吳霖匡啷匡啷翻著醬油罐，一邊喃喃自語。

我走到櫃檯，忽然看見一旁的監視器。

「要不要來看看監視器啊？」

接下來，大概是我這一生看到最奇異的畫面。

黑白的監視螢幕裡，畫質並不太差，一個赤裸的小男孩，渾身發散著淡然的白光，一步一步地從二樓的樓梯走下來，手中捧著阿冷。走到一樓後，那渾身赤裸光白的小男孩便將阿冷放在他的肩膀上，阿冷看起來絲毫沒有懼怕或生氣的樣子。小男孩帶著牠，慢慢地走向一條長而黑的廊道，那是通往後方倉庫的廊道。畫面中，站在小男孩肩膀上的阿冷好似吸收了男孩身上的光亮一般，小小的軀體也透出白色的光亮，漸次悠緩地，轉變為彩色，竟然在那黑白的監視螢幕裡顯流瀉出極為不可思議的幻光。

他們慢慢地消失在黑暗的走廊。

畫面跳到倉庫，倉庫裡的黑，將男孩和阿冷襯得更為光亮，一白一彩的光線流淌在倉庫中，將儲存在裡頭的泡麵、大包衛生紙、整箱的鋁箔包、成堆的罐頭，照耀得清清楚楚，那些素日常見的日用品，竟變得異常妖豔，彷彿要向什麼伸出利爪。男孩走到倉庫另一邊空曠之處，那裡有一扇寬大的窗，外頭是一片蔓生雜草的荒廢土地，他舉起那近乎透明而發光的手臂，將鎖喀擦一聲打開，那瞬間，肩膀上的阿冷散發出一種難以形述的色彩，至少我和吳霖都沒見過那種顏色。

他們一起跳出了窗。

我和吳霖一聲不響地看著，兩個人完全僵住了，不一會，我回過神來，抓住吳霖的手臂，他的體溫很高，一下子傳遞過來。「那是什麼？」吳霖用另一隻手拍了拍我，要我別害怕，但我感覺他自己也是非常震驚的。

「是那個小男孩。」吳霖說。

「哪個小男孩？」

「之前在山上看到的那個。」

我們陷入了一陣震驚後的沉默，決定一起到倉庫探看。

與男孩和阿冷一樣，我們走過了漆黑的廊道，來到後方倉庫。吳霖牽起我的手，他的體溫依然很高，我想像此時吳霖如果也和阿冷一樣擁有一張能夠變色的皮膚，大概就是最後一次親眼看到阿冷的那種參雜著黃綠的橘紅色。

窗戶是開著的，風涼涼地吹進來，細而金黃的月亮勾起雙角，像給什麼人拉起來似的，如一個受傷的笑。但空氣中卻沒有一絲恐怖，我們一起看著窗外那雜亂的草地，我想起這家雜貨店其實離市區有一大段距離，這區有種自給自足的小眷村氛圍，難怪雜貨店能夠經營下去。

吳霖搬開幾包衛生紙，我們窩了進去，像坐在一個安全的洞窟裡。吳霖漠然的點起菸，他一根接著一根抽著，很快到了最後一根，我想如果我是他，一定也會這麼做。

我和他拿了一支菸，菸細細瘦瘦的，使我想起在吳霖房間門縫看到的那道同樣細瘦的光，巨大的孤獨翻湧起來。

為了阻止情緒蔓延開來，馬上深深吸了一口，濃煙嗆傷了我的喉嚨。吳霖笑了一下。我又抽了一口，感覺一團濁濁的、苦味的氣流進入肺部，努力忍住想咳嗽的感覺，然後從嘴巴裡呼出一口白氣。我們都還沉浸在剛剛看到的監視器畫面。

「你知道嗎？阿冷其實是透過我一個朋友那邊買來的。」

「我那朋友對飼養變色龍很有興趣，自己繁殖了很多，我問他能不能賣給我一隻剛孵化的，我想看著牠破殼而出的樣子。」

吳霖緩緩地吐出煙，吸了一口氣。

「那天下午我朋友打電話給我，說以他的經驗來看，小變色龍大概快出生了。那時大概五點六點左右，但因為冬天天色暗得比較快，外頭呈現一片紫紅。我朋友將那枚大概只有五六公分的，小小的蛋放在我的掌心。我們靜靜地等著，過了不知道多久，那枚蛋開始動了，破出一個小小的洞，我看到一張淡綠色的小嘴巴囁咬著薄薄的蛋殼，但過了一陣子，牠忽然不咬了，恢復寂靜。」

「我問朋友怎麼了，他說牠大概還沒準備好，觀察一下，我心裡想著牠會不會死在蛋殼裡，但沒有說出口。」

「過了一陣子，蛋又有了動靜，那張淡綠的小嘴巴又出現了。但是朋友說，這隻變色龍嚙咬的方式不太對，可能自己沒辦法出蛋殼，所以就拿了小鑷子，輕輕的將蛋殼敲破。」

「等到蛋殼完全被剝除後，我看到了一隻四肢都纏繞在身上，眼睛緊閉的淺黃色變色龍，牠的身體有些微微的黏液，朋友笑著說：『你瞧，這小傢伙還不知道自己出生了呢！整個姿態都跟在蛋殼裡一樣。』我摸了摸牠小小的，只有五公分大的身體，摸了牠的眼睛，涼涼的，皮膚還沒有那麼硬，牠終於醒了過來，將糾纏在身上的四肢緩緩攤開，瞇著眼睛，再全部的睜開，好像終於確定自己醒了，到了另一個世界。牠身上的顏色馬上成為鮮綠色，像一片葉子。」

「當時，我就知道牠大概是一隻特別的變色龍。」

吳霖悠悠的說，扔掉最後一根菸。

我們沉默了一陣。

「我們去吃點熱的東西吧。」他從衛生紙洞窟中站了起來，伸手拉起我。

走了很長的路，從這小村落走到熱鬧光亮的市區，我的腦中閃熠著各種畫面，一會是阿冷離開窗戶時，散發出的那團絕美的光，一會是牠出生時四肢糾纏的模樣，不一會我想起吳霖，那早早便離家流浪的吳霖，當時專注看著小變色龍出生的他，眼神必然是非常專注的，那時，他是否在某一刻，想起了自己的出生？想起自己出生時，也圍繞著許多人專注的眼神？心不由得抽動了一下，很想給他一個深長的擁抱。

綠燈亮起時，我們過了一個很寬大的十字路口，兩側排滿的車子，每一輛都瞪大著金亮的光，我們踩在斑馬線上，一步一步地走著，不知道為什麼，整條馬路只有我們在走動。我忽然止住了呼吸，往右側的馬路看去，整排的車燈將我和吳霖的影子照映得非常巨大，我們的影子穿過了大量的車子，穿過分隔島，理直氣壯地在大馬路上走著，好像對這個世界從來沒有懷疑，沒有迷惑。

吳霖忽然牽起我的手，他的體溫降了一些，但還是很溫暖，握久了又感覺有些涼，好像太陽的光暈裡有一圈冷涼而舒適的藍色湖泊。我們跟我們的影子終於是走過了這條寬大而冗長的馬路，走過了成排的燈光。影子消失以後，吳霖還是牽著我的手，走入小巷裡那間冒著裊裊蒸氣的麵攤。

U

有時候四周所有人事都會混黏在一起，不分色塊、不分大小，就那樣所有事物都混在一起，彷彿上空升懸著巨大的攪拌機，將一切攪拌得糊糊的，然後所有的意念與行動都會在這樣黏稠的氛圍中化為其中的一部分，消佚在記事本與腦海中，等到這團黏糊終於退去時，好像從遙迢的夢中走回來，四周所有的事物都瀰漫著嶄新的陌生氣味。

這樣的時刻其實令人感到害怕，卻又無法輕易的從這些黏糊中抽身，就算抽身了，身上還是會牽附著那些黏液。黏液將自己與周遭所發生的全然分隔開來，完全被包覆在其中，從黏液中看出去，所有的事物都被覆上一層斑黃或墨綠色。必須花很多的力氣與時間，才能讓這些黏糊馴良的退回它們居住的荒涼穴居。

這種狀態如水，但其實又非水，努力滑動手臂、輕拍雙腳渴望前進，才發現它們的膠稠的力量大得嚇人，完全無法動彈，努力了幾天仍無斬獲，只好任憑自己在這樣的膠著中，如落入一張巨大蜘蛛網，無法往前也無法後退。我感到黏液滲入自己的皮膚，一點一滴地使血液凝固，感到全身的硬骨都快被這可恨的黏液拆毀。

忍不住打開臉書和朋友分享這樣的感覺。

但黏液不會因為分享而被稀釋或減少，那樣的心情仍然流轉在身上的每個部分，荊棘藤蔓般的布滿全身。

「最近有遇到什麼事嗎？」朋友快速回覆。

「沒有。」

「暫時性低潮？」

我決定停止繼續說話，因為那樣只不過會陷入更多的問句與謎團，或是到最後把對方也攪和得混亂，也許本來就不該放任這些鬱鬱的心情在他人青翠的草皮上漫走。

黏液甚至無聲地在夢境的天花板上緩慢低落，積累到一定的重量時，那條長長的線會啪一聲斷裂，然後夢境中的所有也會變得像現實般黏糊。面對這樣緩慢無聲的侵略，我感到短暫的氣憤，但那樣尖拔的氣憤也很快地就被那些黏糊糊的液體吞食了，然後一切又恢復到黏糊糊的狀態中，無聲無息、無愛無恨。

這是一種殘與癱瘓，我深深地明白，這樣的癱瘓經常在生活過分熱烈激動後產生，在熱烈緊湊的生活中必須精神抖擻地處理每件正事，必須將洶湧而來的各項事情分類切割，大塊的先處理，細碎的便掃到角落。

「前陣子忙到腦袋幾乎迸裂，暴露太久，便只想把自己裝進那如破損後的天空所流出的大量昏黃福馬林罐子，裡頭的生物無論張眼、閉眼都非常地靜謐，想把自己完全浸泡在那甚至達到駭人地步的靜謐中，完全靜止，或是把全世界都泡到福馬林裡，然後孤單就會成為一件自然且莫須有的事。」

在一個擱置許久未回覆的對話框中打下這樣的字句，猶豫著是否該將這段文字送出，沒想到的是，這段話彷若預言成真，那些黏稠液體絕對與福馬林脫離不了干係。

法國有一個畸形博物館，裡頭擺滿大大小小的罐子，裡頭全都是畸形的各式生物，連生的牛與豬、腐爛的乳頭、雙頭胎兒等等，我冷靜地瀏覽著網頁，昏黃的福馬林，如同一個又一個被人遺忘的黃昏。

黃昏，尤其時那種濃烈泛黃的，並且從遠方傳來垃圾車若無其事、輕快的〈少女的祈禱〉的那種黃昏，不知道為什麼總是感到這樣的黃昏使人憂愁，世界與人都會忽然變得非常悠遠，覺得自己好像從來沒有來到這個世上過。我想也許跟垃圾車那不斷捲入垃圾的黑洞與輕柔音樂有關，因此在瀏覽那個法國畸形博物館的網頁時，我相信他們只是被困在某個這樣的黃昏中。

盯視著那些駭人的畸形胎兒，的確像外星人般，腫脹的大腦、歪斜扭曲的五官、攤敞而出的腸胃，我想這是黃昏的威力，黃昏確實有能力使人、使一切歪斜變形，如狼人在月圓之夜發出狼嚎後會成狼，而有一部分的人在這樣的黃昏中也會變形。

無論是黏液、福馬林、黃昏，那都虛幻而真實的描繪著一種受困的狀態。

我也被困在一個濕黏且暴躁的夏季裡，那個夏季忽而缺水忽而暴雨肆虐，生活也跟著一下子吸水膨脹，一下乾涸委靡，我非常非常地思念冬日的安靜與冷，以及那幾個能夠理解我對冬日偏執的朋友，然而他們在這個夏日漸漸溶化了，凝固過後再也不是同一個人，我深深地明白這個道理，分子的排列全都不同了。在這樣悶熱黏潮的夏日，我一直在想究竟是哪裡出了問題？為何身邊的許多人都溶化般的消失了。只能獨自走進那個隱身在喧鬧夜市的U型巷子。

U型的巷子與外面的世界隔閡，往上看有整片瘀黃的遮雨棚，陽光從上篩落時便黯淡了一分，巷口右邊是一家掛滿衣服、散發著濃厚濕氣的修補衣服店，左邊則是一家柑仔店，賣老牌醬油與吃食，後面一點有百元理髮，全都是一些過時且蒼老的店。一過U型彎便會看到一家剉冰店，當然也是復古風，那個夏日我經常一個人走到這裡吃冰，不為了排解皮膚表層的濕黏與生理的燥熱，只為了一個人窩在這裡思念冬日的冰涼。

獨自坐在這U型巷弄內，像是坐在水槽下方的U型水管，裡頭潮濕晦暗，而且裡頭全是不認識的人，他們就像溝渠中會出現的小黑鼠或浮游生物，我靜靜地觀察他們，然後繼續低頭吃冰與思念冬季。

吃完那小冰山後，我會一直望著那淤黃的遮雨棚，我喜歡它篩落暗色系的陽光，充滿整個小巷的感覺，像從發霉木抽屜找出的一疊老照片，也像福馬林，整個U型小罐裝著整杯的福馬林，我們在裡頭被浸泡，如此安靜，有時會被這個小巷深深感動，這裡頭所有的老舊與昏黃或許意味著受困，但也意味著一種守護。守護著什麼不要被外在的喧鬧侵襲，就像我的內心也一直守著一塊很舊的貓眼石般的東西。有時候我覺得這條巷子和我同樣孤單，它也像我近日的人生縮影，U型谷。

高中的地理課本上介紹的冰河地形，冰河侵蝕作用形成的谷地。當冰河順著傾斜的山坡向下移動，山谷就會被沖刷、侵蝕。等到冰河融化或解凍，就留下一個山谷，類似字母U，常常散落著被冰河運來的小石塊。

不知道從什麼時候開始，冰河便那樣無聲息地流進我的生活，緩慢而冰涼地將我的生活磨出一個低低的U，有些時刻可以很清楚地感覺到那個U的弧度，低沉地發出聲音：「你有什麼地方被磨掉了喔。」其實並不討厭這個U，它像一個祕密般的谷地，裡頭流淌著冰河，我經常從那幾乎九十度的懸崖慢慢地吊著鋼索而下，裡頭只容得下自己一個人，所以完全不必在乎他人的聲音，也因此不必變換聲音來成就一首同調的曲子。

但後來我發現原本只有一個U的谷地上面磨出了更多更多的U，有的重疊使那弧度深陷，有些分散錯落在各處，使各處都充斥著如痘疤般的凹槽，我學會在看每件事情時潛入更深的弧度中，在那裡看見一些比冰河更沉重的事物，並且在這個谷地裡發現世界的另一種樣態，其實某一部分是極為荒唐的。

不斷地沖刷與侵蝕，U型的最底就那樣無聲地被磨得更深，像一口斑駁生鏽的井。

在深井中忽然明白了許多事，好像忽然跋涉到一座未曾到過的高山，從那座山上鳥瞰的世界是極為不同的，許多積累於內心許久的模糊灰色感受，都因為這個新的井口視角而變得極為具體清澈，然而卻又同時的感覺自己是沉在那個U、那口井的最底部的，這是一種相當矛盾撕裂的感受。

與一位許久未見、僅存的朋友聚餐後，他用很抱歉的文字告訴我他感到很沮喪，好像忽然聽不懂我說的那些抽象事物了。我呆看了他的留言許久，感覺到他也將在這個夏日溶化，不知如何回應。我想他是跌到了我的U裡，其實那冰河是極滑的，也或許他看見了在福馬林中，那個畸形的我。我沒有和他說出我內心真正的感受，因為那又是另一串的隱喻和象徵，但內心是黯然的。因此，我開始嘗試將那不斷侵蝕消磨的冰河掃開，如同掃開大片大片充滿隱喻的文字，或是試圖將那個U型溝壑填滿，像是將自己冰涼的體內塞滿一朵又一朵呆滯的棉花，然後相信一切都會充飽、都會好了。有時候多麼希望這些使人感覺到冰痛凹陷的事物不要再流進生活中了。我不發一語地關閉對話框。

我在暗處捧起那個裝著黏液、福馬林黃昏與畸形自己的U，像一個脆弱無蓋的玻璃罐，接著將它們嘩啦嘩啦地傾倒出來，它們被倒出後很快便乾竭皺皺了，我將那個什麼也沒有的U倒放在桌上，成為一個小山丘，倆倆地攀爬上去，發現那裡仍然沒有一條好路、仍然沒有一個得以生存的語境。許多的人事早在冰河來時就被磨開了，我無法離開那個U，那裡只有我自己與零星的幾顆石頭。

披著一身福馬林般的黃昏繼續跌跌撞撞地過著。那個夏季，幾乎放棄尋找那些溶化的人事。然後我遇到了阿輪。

阿輪的本名是什麼其實我從來不知道，他總是用輪椅飆車，又有一張凹凸不平如黑輪般的老臉，因此我私底下稱他阿輪。他總在我值班時來和我攀談一些小事，起初我會耐心地聽著他講許多小事，但後來也漸漸地感到厭煩，他其實有一張，不好看的醜臉，皮膚滿是坑洞、大小瞇眼、大暴牙，還有一頭永遠看起來都油膩的長髮，他會從輪椅上一跛一跛的走到櫃檯來，抬起那張歪斜不勻稱的臉，叨叨絮絮地和我閒聊，也會在路上看到我時急速地用輪椅飆過來我旁邊，我總是很好奇地問他不怕跌倒嗎？他說還好啦習慣了。然後繼續在我身邊喃喃自語。

雖然感到厭煩，卻因為值班離不開櫃檯，只好繼續聽他用不好聽的含糊聲音講著一些不知道是不是真實的事，有時候阿輪也和別人攀談，他走了後，會聽見他們用一種終於解脫的語氣慶賀，並且碎念著他的可笑與煩人。阿輪反覆訴說的主要內容是他的前女友與他的病。或許因為他反覆太多次，或也許我始終以一個世俗的既定觀念不相信他會有女朋友，因此我其實不把他說的那些話當作真實的，有一搭沒一搭地敷衍著他。

「唉，女人就是這樣啦，看到更好的就走了，我之前對她多好啊。」「唉，我的醫生跟我說啊『你就等死吧，沒藥醫了。』人生無望啊，唉這種病就是這樣。」阿輪用他那大暴牙的嘴巴瞇著大小不等的眼睛，看起來實在有點，不，應該說是相當，猥瑣，他總在傍晚我值班的時刻說這些話，我始終採取一貫的敷衍話術應對。某一天我心情特別焦慮，當阿輪又抬起臉反覆相同的話語時，我只冷冷地問他：「喔？你那麼確定那女生真的把你們的關係定為情人嗎？」

忘了阿輪是怎麼回答的，忘了他是抬起那張黑輪般凹凸的臉說：「當然是啊！」還是低著頭說：「或許是吧。」但我記得他最後駕著電動輪椅沒入整片潮濕黃昏的模樣，那樣的歪斜那樣的空洞，他在那罐小小的福馬林中加速，然後四周湧起密麻的氣泡。

殘疾者阿輪駛向他永恆的黃昏、永遠的福馬林中，在那裡被醃漬成更畸形的模樣，他在裡頭發出聲音，努力睜大瞇眼，所有人還是看了他一眼就匆匆走了。其實他只是想打破這個罐子，我又何須揭穿他呢？我感到極為劇烈的罪惡感鋪天暴雨般降下，暴雨中我忽然明白了對他的惡之巨大，以及，自己其實並不比阿輪更健全。

「很抱歉，我實在不能明白你說的那些抽象事物。」周圍湧現一片譁然的嘲笑聲，呵呵呵、呵呵呵，如魔幻電影中那種不斷繁衍增生的、有著恐怖人面的花朵，笑聲尖拔成嘻嘻嘻嘻嘻，我用力摀住耳朵。

瞬間，朋友的留言、阿輪難聽的聲音、淚水、在黃昏中駕著輪椅的阿輪，全都蒙太奇效果般快速閃現我濕潤的眼前。

我猜想阿輪的世界中沒有不斷侵磨下探的U型谷與冰河，但也或許有，可能是W、V，有著生澀未磨的銳角，但他絕對也被困在黏稠的福馬林黃昏中，他拿起他尚未磨整的W和V試圖敲碎那些黯黃的黏液，不斷加速他的電動輪椅試圖衝破一切抵達清晨的光白，如同我試圖割開牽絆我整個人生的U，以及將裡頭裝滿的黃昏傾倒乾淨，然後我們都可以起身迎向一個沒有黃昏的亮白國度，在那片雪白中，我們都可以放心的隱喻與說話，我們可以被容許在殘之中虛構健全，沒有人會質疑這些是否真實，沒有人會拿起鏟子將什麼重要的事物連根鏟除。

地底下的鯨魚

總是閃爍著不同敘事的可能，時而光亮如火、時而平靜淡漠。有時思緒被一種悲傷占據，彷彿它們原來就安靜地貼伏在內心湖底的石子，透過某種撥弄，便一發不可收拾地藉著波紋喧鬧整個湖面。

於夜晚的操場一圈又一圈地跑著時，這種感受總是特別濃烈，也許因為整個人都隨著耳機裡的音樂滑動到現實之外，也許因為操場的燈光帶著一抹老沉的暈黃，這種暈黃讓人感覺悠遠。跑著的瞬間，那移動的身體便不像只是在跑，而是升騰於地表的飛翔感。

能夠飛翔的時候能看見什麼呢？此時終於不再黏於僵硬的地表，我們移動著，好像自身之於世界是一只永遠不會停止的陀螺，移動或轉動都是必備的本能。能飛的時候，一些模糊的片段也跟著長出翅膀，在記憶中鼓動。那聲音讓我想到一些人，走過生命風景的人、正在生活路上的人，他們說過的話、寫過的字，甚至連身形或觸感都漸漸具體起來。

總有幾個極少數的人在此時會出現，甚至連拉扯一些回憶的線頭都不必要，就那般自然出現了。

操場中央或外圍總是攢蹙著一股熱騰的氣息，簡直就像甫蒸好的一籠燒賣，充滿繽紛色澤。那傾洩而出如布幔的白煙，以及富有彈性的口感，都使人感到青春。此時，總無以復加的想起你，但也只是一種淡然的無以復加了吧。

關於你，有太多無從清楚解釋的形容詞，總抗拒著書寫你，並非在這種書寫中帶著什麼危險的可能，而是有另外更複雜的原因。但你總是出現在我閃爍的敘事裡，無論如何置換形式，你仍會像一個謎底出現。曾努力的探求那樣的色調究竟參雜什麼元素，或究竟是什麼使一切產生這種色調，可是沒有答案，因為這種色調根本是不存在的嘛，只是一種幻覺罷了，因為太擅長用過於浪漫的濾鏡去看待重要的人事物。

你可能會對此表現出不以為然，但又做出和我同等的事情來。

並列的照明燈隊伍一般，聽見風的口號而熄滅，操場陷入沼澤的黑暗。年輕的人們逐漸散去了，整個操場寬闊得令人感覺自己像荒原中的馬。所有的灑水器於此時一併開啟，中間的草坪出現一幅美妙畫面，若干潔白的圓弧水柱舞動，像是草皮底下游動著一隻隻的鯨魚，牠們快樂的優游換氣。這樣的幻想總在我腦中樂此不疲的上演。緩慢地跑著，風很快地拂過，把空氣削的冰涼。然後想起你，跑，想起你，跑。

冷的日子就快來了，帶著透明的心思降臨。當我操控著意識有距離的思念你時，並非一件好事。那些距離足以塞滿太多想像，而想像是不適用於我們之間的。

冬日之於我們是最清晰的一段了，我們縮在各自的大衣裡，伸手觸碰同一杯熱咖啡，當一起在風中看著熱氣不停從杯緣飄散，彼此究竟懷著怎樣的心事呢？在那個光亮的歲月末，我遇見了你，像是跌入一個萬花筒般的愛麗絲洞穴，身軀縮小又放大，在光怪的世界中看見屬於自己的一條小路，旁邊的樹上掛有一隻粉紫迷幻的笑貓，和劇情不同的是，後來這條路上僅有我獨自一人。

草地下的鯨魚仍不停噴出水柱，中間的球場以水柱為圓心，畫出一汪又一汪的水，遠方BRT的站牌仍兀自發出黃紅藍的燈光，這些色彩映在水窪裡，成為一種如古教堂的彩色玻璃透出的光。眼睛的閃光又使一切更像是撕下宣紙般，綻放絨絨的毛邊。天空無雲，星子彷彿被擦拭，水晶般地發出不可思議的光亮。

我總愛提一些「日子」、「生活」的字眼，張懸有首歌，歌詞的最末是這麼寫的：「我們像所有人一樣謙卑，忙碌與分別。走出家裡，走在日復一日的大街。」歌詞唱的正是我心中畏懼的，那種日復一日的循環。有時覺得自己的人生不知出了什麼亂子，總是在安定／開花、狂亂／朽壞之間反覆輪轉，彷彿不這樣子就無法確認自己處於此世。有次我說我害怕這樣的安穩，而你笑著說，放心，你的混亂由我來確保。

我將那句肯定句視為謊言，因為你隨時都會到更遠的地方，或隨時都有在風中散逸的可能，之於彼此來說都是相同的。那遠行的人，可能就是自己，背起一個不回頭的念頭，便一下就抵達了。那或許是為什麼神話總強調不要回頭，因為那是神話的緣故。

回頭究竟會看見什麼呢？那條你悄悄在我掌中凹折的紋路，一切就那樣子有了岔路與轉彎。

撿起斷裂的步伐，將奔跑的樣子拼好，時針指在十一。人煙稀疏的操場頓時空曠起來，像是世界的縮影，奔跑的姿態就如我們在生活裡努力求生的模樣。我一圈又一圈的跑著，喘了便停下來用走的，走累了便開始跑。當我經過同一棵榕樹或昏黃的路燈時，忽然領悟到「日復一日的大街」這句歌詞，那種日復一日感並非因為刻意忽視時光分秒織就的嶄新部分，而是因為「那條路」已經融為心底的一部分，就算身在異國，也改變不了這樣的基調與本質。

你仍是缺席了，無論是伏在內核那不動的路，或是外在變幻的視野。灑水器安靜下來，周身霎時空曠靜謐。你在地底製造出幻夢般的水花，贈予地表上的我，因為我們都明白，誰都不可能到對方的真實世界，我下不去，你上不來。

直到全然安靜了我才明白，地表下的不是鯨魚，而是游向遠方的你。

一盞燈的明滅

我住在十樓，是最高的樓層，電梯打開時，眼前會先出現一片巨大的窗戶，窗戶裡裝著由左至右攀升的山稜線，樹木與建築。經常，當我拖著疲憊的身軀回到這裡時，窗外的這幅景緻已經是淤紫而昏黑的了，一張失神的臉孔般。往右升高的山稜線上點著一些銀亮的光點。每當看見這樣的景象時，我總是想到在小琉球花瓶岩的那片小海灘。

那是一趟奇異的旅程，奇異的人事物組合，總之我就這樣顛顛簸簸地跟著一群混雜的隊伍來到了小琉球，花瓶岩是安排在浮淺之後的行程，我們穿著泳衣，披了件外套就來到了花瓶岩，大家在花瓶岩前興奮地拍照、聊天。

最後我因為貪撿石頭，脫離了大家的晚餐行程，獨自留在那裡，我撿了許多許多美麗而奇特的石頭，爬到其他更高的岩石上眺望整片海洋，最後我只是坐在淺水處，感受那些微弱而溫和的海浪，一波一波的流淌過我的腿，再緩緩的退回大海，我坐在冰涼的水中，不思考任何事情，把腦中所有的事物都嘩啦嘩啦的傾倒進海水中，放生一個混沌的自己。

天漸漸的由亮轉暗，風在空氣中躁動著，透明的翅膀揮動，我一直看著遠方，那些淡漠的城市輪廓，那裡是台灣，我謹慎的看守著那些城市輪廓，想要看到城市第一盞燈亮起的剎那，然而一回神時，城市那端早已亮起數盞燈光。

後來，我也在十樓的那片大窗戶前試了許多次，依然沒有辦法捕獲第一盞燈亮起的瞬間。

整片光亮的城市總是在不知不覺中就倏地點燃，彷彿燎原的火點，城市大把大把燃燒孤單的人們，所有的人像是灰燼般游離。

接著我會右轉走回寢室，拿出鑰匙，啪啦將門打開，室友不在的時候，整間寢室就像一個潮濕的洞穴，在黑暗的寢室中，電腦的光亮幽幽的滲透在空氣分子，映照著自己疲萎的臉面，我打開臉書，看見許多從前曾經親密的朋友，而現在他們也只是隨著臉書的河流，漂流木般的傾散在那藍白的網頁與模糊的回憶，好像認識他們、與他們交談的那個歲月，已經是上個世紀的事了。

我不確定自己是否真為一個無情之人，然而對於任何形式的情感，是非常淡然了，人類雖然群居，但本質上還是孤獨的不是嗎？因此我並不感到難過，雖然不確定這樣的心思是否完全真實。

大學畢業後，大多數的朋友都離開了，其中幾個在畢業之初還斷斷續續的聯繫著，然而時間一久也終究是自然的遠去，像是這個世間所有事物必然走向的消殞，走入一條無人而狹窄的暗巷。

但是其實到最後好像只有我一個人被困在那樣的巷弄中，望過去是整片完整的黑，路燈撒出白色的光暈，投影出幾隻貓的影子，那裡已經沒有其他多餘的人和聲音了。

我獨自在校園內走著，枯葉攤撒在地上，像是因為天氣冷了，樹給地面織就的一席毯子。人們踩過去，發出喀拉喀拉的碎裂聲，行人們的衣服終於開始變厚，今年的冬天來得特別晚，像是一隻過於安逸的狐狸，牠窩在溫暖鵝黃的巢穴，直到十一月底，終於搖搖晃晃地甦醒，睜開琉璃般清澈的雙眼，牠叼著冰冷的風，尾巴如若水彩筆，為整個冬日繪上一層淡淡的底色。

整座校園內仍遺留著一些認識的人，偶然在路上遇見他們時便會勾起那些青春的大學回憶，現在的我確實已經不再那樣青春了，不再能夠義無反顧地給出心中那些小心孵化的火苗，生活被裝在一座灰色大樓的最頂層，像是一個紙箱、一層抽屜，好像一提起一打開便全都空了。我每天走進去，睜大雙眼、豎起耳朵，將自己裝上表情與聲音，接收一些訊息與知識，滿身都纏繞著話語，使人傾斜。

樹上已經纏滿了聖誕節的燈飾，卻還未亮起，聖誕節是校園裡最溫暖的時候，平安夜那晚，校園裡會有許多攤販，大量的人潮會湧入校園，光亮的裝置藝術會慈祥地亮著，這是我最喜愛的日子。

看著校園內那些纏繞在樹上，燈串還未亮起，卻像是被誰給捻滅了，彷若一隻孱弱的蟲豸仍然執迷於一截光亮的記憶。我想起了K，記起那段燦爛的情感，記起K是如何在我心中先狡猾地扔擲一截燃燒的火柴，然後我們便像趨光的蟲那樣撲往彼此。

那時我們一定都沒有想過，時間只會越來越強壯，但我們所能走向的只有衰老。與它拉拔的最終結局只有落敗而已，我們終將會被時間拉往一個不再識得自己的所在。

「你感覺難過嗎？」K問。

「難過代表著有所記憶。」

「但是我早就遺忘了。」

「你要記得，沒有什麼事情會永遠存在。」

記得和K分別的那天，好像是很久很久的事了，畫面在眼底泛黃、失焦，所有離開的身影都模糊成帶著毛邊的光點，我們都還那麼稚嫩，哭得那麼傷感，那麼不害怕羞愧，我們篤定的擁抱彼此，交換眼淚，像所有痴傻的戀人約定一輩子維持情感，我們說不是情人也沒有關係，那只是一個稱謂、一個形式，我們說：再也沒有人能比我們更理解對方。聲音篤定得像是紅磚，可以堆砌。

因為那些曾經親近的理解，我一直在心中幫K留著一個位置，即便他不停的縮小與融化，我依然幫他的影子慰留一面可棲息的牆。

但最後我們的關係仍然退到遙迢的邊界，不再接近彼此，影子陡然鬆落，無聲的崩解。我在臉書挖開一個小窗觀察你——你說今年聖誕仍然想回來，你努力工作、運動、健身，你結交更多更多的朋友，你不停對自己精神喊話，像棵春日的翠綠的新芽，探向更遠的窗口——而我卻仍然停留在同樣的地方，巨大的岔路在我們眼前快速暈展開來，我們終於是自己攀上自己的魔豆樹，抵達完全不同的雲層，取下不同的金雞蛋。

K終於說：「你變了。」

「嗯。」我沒說，也不想再說：你也是。

沉默在極安靜的光裡漂浮，散漫整張空氣。

「代表我們都快樂了，都自由。」

「你這麼想嗎？」

「嗯，我們已經遺忘對方了。」

所以，當記憶停止運轉的那日，我們曾經存在的關係究竟代表了什麼？時間不斷大量地摻進日子裡，把生活稀釋得好淡、好淡，每日都同樣的一成不變，但記憶卻改變了，被稀釋成一幅無從辨認的圖像，好像我們曾經握著畫筆，在紙上努力繪下那些「證明生活來過的」線條與色彩，都只是一種愚昧的姿態，人與人之間拉扯的只有關係，與不斷改變的關係，生活裡只有時間，不停奔騰而來如浪般的時間，剩下的只有被濺濕的沙粒。

我模糊的想起從前與K一起的那個平安夜，我們在燈火朦朧的攤販前大吵了一架，他用力甩開我的手，我記得他表情的扭曲，卻記不得為了什麼事情爭吵，後來我們各自回到自己的房間，聽著外頭喧鬧的聖誕音樂，一直到整個聖誕活動快要進入尾聲時，我們才忽然和好，他帶著雙眼腫泡的我出門，攤販幾乎都收了，人潮漸漸地退去。像是一片金黃海浪的退潮，餘留的人們像貝類，隨時都會在這片沙灘迅速消失，藏躲。一直到了很久以後我才明白，那樣的爭吵需要多少的愛與信任。

整個校園忽然變得非常荒涼，仍然亮著的彩色燈串將撒落一地的衛生紙與竹筷照耀得浮浮沉沉，攤販的周遭擺滿大型塑膠袋，裡頭裝著無人揀選的商品。一場盛宴的完結，人潮散去的樂園，木馬倆倆地在同一個圓形軌道上，繞圈、繞圈，繞成一球燈光幻滅，無趣單調的日子，我們捧著它，一球棉線，無能勾織出更複雜、更斑斕的圖樣。

K拉著我匆匆地擠入一個棚子內，那是攝影社尚未收完的攤販，我們捱著彼此，對著鏡頭微笑，照片很快地沖洗，我們一人保留了一張。

我不確定K是否小心保存這那張照片，還是隨意地將它擱於一個如雨林般的抽屜，我只知道自己對任何事物的留存都不太留心，所以我很快就弄丟了那張照片，直到有次搬家時才偶然在一本書裡發現被拗折的它，那淺淺的凹痕正好橫在我與K之間，斜斜的切過去，乾涸的河床，彷彿我們從來沒有在同一個世界，不曾擁有過任何潮濕的記憶。

「有時候，我會對世界這樣的安排感到害怕、無法接受，因為所有的一切都終將消散，沒有誰會真的受傷，沒有什麼會駛向永恆，任何事物都有敗壞的一日，所以曾經緊握的究竟代表什麼？」

「是嗎？這樣不是很好嗎？我反而覺得這樣讓人很安心呢，這樣就可以放心地去受傷，反正沒有什麼會真正留下，不是嗎？」

我們還是約了吃飯，在那家燈光昏暗的義式餐廳中，我們很快的用叉子捲起自己的麵條，捲起一些語言，吃下。我們終究是無法在把話語送至彼此的體內，話語在飄散，氫氣球般往天空攀升，意義出走，最終在一個至高點，那些氣球全都啵一聲破裂。我們無法真正聽懂對方了，走到了極遠的兩端懸崖，所有的話語都像那一捲又一捲的麵條，回到了自己體內，我們不再以話語餵食彼此，不再對彼此感覺飢餓。

有一次我和K忽然興起烹煮的念頭，我們興奮地討論自創食譜，到光潔明媚的超市揀選食材，我們在K小小的房間，把食材一併扔到電鍋裡，鍋子上的跳燈還未彈起，我們就急著掀開鍋蓋，白色的蒸氣嘩啦地流瀉出來，一場戲的華麗帷幕，我們迫不及待地用筷子往內夾取食物，鍋內所有的食材都混黏在一起，像是我和K當時的黏稠的親密，我們邊吃邊大笑，說以後要開創意餐廳——想到這裡，K敲了我的盤子：「欸發什麼呆？」「啊沒事。」我撈起麵條繼續吃，叉子冰涼的鐵味停逗在舌尖，沒有任何的悲傷與惋惜，這就是日常，普遍不過的日常規律，從來不曾留下氣息。

燈已經在不知不覺中全都甦醒般地亮了，一隻又一隻的眼睛，觀看人類的孤獨，燃燒話語，像是燃燒一把綑綁整齊卻乾粗的稻草。你我在黑夜的灼熱與光亮中親吻彼此，然後一起等待天亮，城市最後一盞燈的撲滅。K已經到了很遠的地方，我在他眼前揮手，再見、再見，最終不再見。

接著是倏然回歸的生活，等待如棺槨的電梯，走入，死去，重生，一切都在升降中不停輪迴，記憶的輪迴，多麼可怕與可笑。電梯緩慢開啟，彷彿捨不得揭露時間的祕密，那片巨大的窗戶安靜的在我眼前展開，我停下腳步，呆呆地望著大窗裡的景緻由亮轉暗，又成為那幅淤紫而灰黑，一張失神表情般的色調。

那趟奇異的小琉球之旅其實只有我一人而已，那是在與K分離後，獨自的旅程。

我在花瓶岩那帶的小海灘待了許久，看著遠方地平線亮起的燈，想著燈亮起時，每一顆光點下照映著多少人的歸來與離去。冰涼的海水依然歌聲般拂來又退去，我把那些撿拾的石頭擺在海水碰不到的地方（這樣他們就不會再被侵蝕了吧），觀察著它們身上，因為流浪而揹上的紋路，撞擊與沉落，最終又來到了沙灘上，時間的歸返。天色已經非常暗，只剩餘一點點的光，而遠方的地平線卻像一個光燦的季節，開滿灼灼的花朵，我看著那片自己生活的島嶼，那裡有K，有許多人，但當我抽離開時，忽然發現，自己生活的島嶼其實是那麼的小，在時間與空間的維度中不占重量。我可以在時間的瀑布中忘記K——那幾乎可以籠括我所有青春記憶與重量的一個人，一個象徵的名字。我明白到：可以忘記K，代表我可以遺忘所有的人。

在光線稀弱的沙灘上，我正決定往後當一塊不再接觸海水的石頭，卻忽然望見右方走來一對情侶，他們在微弱的光暈下只是影子般的擁抱彼此，走向淺水處，撲滋撲滋的火苗聲傳來，是仙女棒。如一球金色的海膽綻開。很快地吃盡那細弱的仙女棒，一段細而短暫的人生。我熱淚盈眶，在那不斷快速燒毀又點燃的光亮中明白，人生與愛，不過是點燈、熄燈，點火與燃燒，最後殆盡。

（本文獲二〇一六年中區寫作首獎）

輯三——海面日出

「道路延伸，它們的手滿是金色粉塵……」

——〈不可完成的昨日〉

湖水色時間

散步到東海湖，遠遠看見兩個穿戴搶眼的人。走進後發現是一位老人和一位無法判斷年齡的印尼小姐。

那位穿著赭紅色，繡有中國式圖騰衣裳，配上彩色格子圍巾，腳下又踩著一雙白色尖頭雕花皮鞋，戴著酒紅黑絲帶小圓帽的老人走向我。

「可以幫我們拍照嗎？」指指身旁的印尼小姐。

印尼小姐圍著一大條亮紫色圍巾，黃色鞋子，繽紛程度雖遜於老人，但也十分亮眼，我說好呀幫你們拍，老人遞給我一台老式數位相機，螢幕狹小異常，我努力對焦，相機中的他們看起來像兩團彩色影子。

正當我要按下快門時，老人忽然從口袋裡拿出一副橘色邊框，綠色架子的圓形墨鏡。雖然很抱歉，但他戴起的瞬間，真的差點沒笑出來，簡直像聖誕樹了。我努力憋笑，完美拍攝。

老人和印尼小姐瞇起眼睛看著小小螢幕中的他們，點點頭，露出滿意的微笑。問我：「你是東海學生嗎？」我說對呀，你們來玩嗎？老人熱情地回覆（已拔下橘綠色墨鏡）：「我們常來東海啊！很喜歡這邊，我是北彰化人啦，這邊我們很熟啊，我北彰化人啦。」印尼小姐則是一直站在一旁，掛著溫良的微笑。

我有些詫異，以他高調的穿著打扮，原以為或許是遠遠從國外回來，第一次來台灣遊玩。但他說是常來，眼神中卻流出一股初來乍到的興奮。看著他有些突起、金魚般浮出的眼袋，說話時有些不連貫的聲調，都有些類似外公，據說外公年輕時也是非常瞎趴的。

老人與印尼小姐的互動散發著淺淺愛戀，拍照時兩人挽手比ＹＡ。

「要幫你拍一張嗎？這裡很漂亮呢！」我搖搖手說沒關係，帶著微笑。

發現印尼小姐的亮紫色圍巾之間，掛著一塊渾圓的拉長石，陽光下閃動著若隱若現的藍綠色光芒，那幾乎是我最喜愛的水晶了，然而其實不曾擁有過任何一顆拉長石，即便它稱不上昂貴，直到遇見了那玉石攤的老伯。

那是一個不經意又讓時光如沙流逝的夜晚，我在攤位的最角落看那些橘紅色瑪瑙，老伯走過來，遞給我一支瘦長的黑色手電筒。

「把這個放在旁邊大概三十五度。」那些瑪瑙瞬時瑩亮得像一顆小小的火球。

光線的照耀下，每顆瑪瑙的紋路都清晰的浮現出來。一旁一對在我來時便在攤位上賞看的奇異母女，時而到一邊的小石階坐著，時而拿著另支手電筒照著瑪瑙，她們都戴黑帽，眼神與聲音散出流浪與玩世。

「這顆像外星人的眼睛」、「這顆裡面像草叢裡有一隻蛇。」

我持著手電筒裡的光束，一邊轉動瑪瑙，那半透亮的橘紅使我想及火紅跳動的心臟。若世間有神，忽以強光照耀人體，有哪些器官會透出光亮？靜脈會幻為瑩綠細流嗎？

逼近十一點的街道，其他攤位早已整束離開，四周一片闃黑，僅有攤位上的一小盞燈光，和手電筒裡的光，老伯接著以手電筒照夜明珠，一段時間後再關閉，那夜明珠在黑暗中透出一種不自然的藍綠光芒。「這個學名叫螢石啦。」

我端詳這顆老伯說是夜明珠的石子，那不自然的藍綠光芒讓人懷疑裡頭參雜的是螢光劑；我看向一旁的佛珠，老伯不改熱情的介紹，「這是綠檀、這是黑檀、楠木……」而我僅是笑著答應與點頭，又回到瑪瑙區，拿著手電筒將它們照成一團又一團透亮的火，那火之中不規則的暗影令人聯想到燃燒的月球。熔熔散出熱霧的火焰啃咬著冰涼荒蕪的月球。

老伯伯不知從何拿出一塊紅黑相雜的石子：「這是總統石。」我與那對母女皆好奇地靠近觀看，「很貴的喔！」他補充道。

「這裡的石頭啊，跟我家的比只是超小的一角。」

「哇，所以老闆你很喜歡石頭囉？」

「還好。我喜歡是因為，」老伯神祕的挑挑眉，把臉側向一邊，「因為這裡面有錢啦。」

我笑了一下，選了塊似被削去頂部的山丘造型綠石子，手感十分溫潤。

「這是台灣墨玉。」他一邊解釋，一邊幫我用透明的夾鏈袋裝起來。一會兒又不知從何變出兩塊小石子。

「這是龍紋石，可以帶來好運，只有你有喔。另外一塊是拉長石，這是被敲下來的邊角啦，但還是很漂亮。」

聽到被贈予了一塊從邊角敲下的拉長石，內心的鐘被清脆敲響了。

我感激地拿著三塊石子離開那攤位。

回程的路上，路燈似蓮蓬灑下淡淡的光，我拿出伯伯送的兩塊石子，龍紋石表面上，那似於樹瘤的多個塊狀突起，像是海洋上漂散的島嶼。

而那塊拉長石，乍看僅像一朵透明的灰雲。然而在光線之下，轉動至某個精準的角度，便會在眼前粲然的展開一片綺麗清亮的藍綠光彩，交織著石子上不規則的紋路，簡直是一小池被午後陽光親吻的湖水，粼粼地閃動水波。

彷彿只要我願意虔心地將食指伸入，它便會將我的整副身軀吸入，帶往湖水的另一端，去到另一個世界，去見一些遺忘的人、愛過的人，甚至是另一個自己。他們會像《八又二分之一》的最後一幕，在黑白的螢幕上列隊繞圈。

我喜愛那個僅有自己才知曉的角度。喜歡看似無彩的灰黑拉長石，在精準的角度下乍現光暈，像是一個無人知曉的祕密。

小小攤位上，那些無聲而兀自發光的石塊、水晶，如化石般寂然躺著的獸型緬甸玉，以及發出不自然光芒的夜明珠，讓人再一次對於真實與虛幻嘆然。

老人與印尼小姐相偕遠去，走下磚紅階梯，如霓虹消散。

下午的湖面恰好撒出銀白水柱，嘩啦嘩啦地響著，我沿著湖邊繞了一圈，他們的影子浮現出來，輪廓滾上色彩，簡直如馬戲團裡的人物，繽紛亮麗，拼接著流浪、不知年歲、不諳世事的超現實。

大鳥飛過，時間剎那被啣住。

全都凝縮到牠剔透的眸，在一塊石子裡靜止了。

老人、印尼小姐、石攤母女與老伯，和我自己，也都是某塊從邊角敲下的石子中，僅在某一角度才幻出的光與紋路，歷經了一隻鳥兒眨眼的時間。

花開怎麼沒聲音

前陣子夜晚散步時，總會聽見小號吹奏的聲音，從斜坡旁藏匿在樹叢後，燦亮的管樂社辦流瀉出來。那小號的聲音帶著斷續的生嫩，時而若分岔的羽毛傾斜幾個音符，彷彿看見一隻翅翼未乾的雛鳥，歪斜地展開小小的翅膀練習飛翔。

不知道為什麼，在那樣的漆黑之中，聽見這樣的吹奏聲卻讓人有種置身透亮清晨的錯覺，興許是旋律之故，興許是那不純熟仍帶著生澀的音樂，都讓人感覺置身在那種將明未明、好似可以一直漫無目的地拖曳步伐，淡漠如畫的清晨。

我已經許久未曾擁有那樣的清晨，一如已然遠離那段輕盈而伴有樂器的日子。在那樣的時光裡頭，潛入一個沒有光的地下室，祕密聚會般的，和一個擁有曼妙身材，留著一頭大卷長髮的美麗老師學習長笛。那些僅擁有旋律的日子讓人感到懷念，彷彿日子被梳整為純然的五線譜，只須在那之間跳動。

這樣的時光約莫維持兩三年便被升學壓力給吞噬。往後我便把擁有的兩支長笛（一支是初階的閉孔長笛、一支則是開孔）收納在如若叢林般的衣櫃裡，偶爾會想起銀亮的它們如蛇般棲身在幽暗的盒子裡而感到滿心愧歉。

銀亮之蛇在夜半摩娑鱗片，對著回憶嘶嘶吐信，那分岔而細弱的舌上讀到了怎樣的氣息？

有時會想起，當時的母親為何讓我學習樂器以及其他才藝？無非是對於養育一個女兒充滿浪漫幻夢吧？然而家中其實並非什麼藝術之家，母親大概是受到身邊朋友的影響，加上自我對於養兒育女的拼湊圖像。每次思緒至此，心口總會一陣緊縮。

那或許是突然想起，曾有那麼樣的一個人以樸拙的姿態，對於描繪你未來的輪廓如此熱切，內心盈滿希望。而我對於這種「懷有盼望」的心理狀態，經常感到難以形述，像是不經意地用指尖碰觸了一條擺放平穩的棉線，陡然在心中岔出一種不忍的心緒。這種不忍的怪異情緒或許包含了，不忍看那被懷有盼望而描繪出的自己，不忍回應那樣的懷有盼望。也或許是那原先就蟄伏在體內的悲觀，總是對於人類充滿盼望的這種狀態感到一絲不安，害怕那些盼望最終都散佚在空中。

畢竟世事總是生住異滅。

如那些鬆開手便向上飄升的氣球，最後因大氣壓力變化而終究爆破開來。

（兒時的我總花費很多心思在想像那些氣球最終的模樣，它們在哪爆破開來的？是否曾經有人恰好遇見飄落而下的氣球碎片？而誤認它們是花瓣？）

對於那種過於晶瑩透亮，全然信任著某樣什麼的澄澈神情，總不經心的感到一絲憂慮，也或許這全然是沒有必要的。因為世間確實是有什麼？有什麼是值得相信的吧？即便這個承接信任的載體如何地渺小，如何地被他人所忽視。

但也總該這樣相信？若在生活裡懸著一條線，便總有什麼能夠昂然面風的掛上？

認識那個也學長笛的妹妹五年了，五年，十年的一半，聽起來就有些恍惚。五年前剛成為妹妹的家教老師時，小學五年級的她臉龐上盡是純真，卻能夠看見她因為家庭環境有所餘裕，而比同齡學生得以接收更多教育資源，因而從眼神之間淡淡流出的一股傲氣。那傲氣雖然淡淡的，卻散出涼氣，似乎逼視著你：你有什麼？

家長待我極好，只說想讓妹妹學寫東西，讀文學作品，對成績漲幅無所要求，放任得幾乎不像世事。每次從影印店印出講義與文章，紙張的熱氣傳遞到指尖，像一種尚有體溫的活物，令人感到不安。雖然自認每一次都選了內容豐厚的文章。但還是難以避免在上課前的路途中想及：我真有辦法教予她什麼？

究竟要給出多少真心？（那有點像是究竟要把《小王子》講成一個可愛故事，還是講成哲學故事的問題。）在任何一篇文章裡，多講擔心她感到無趣，少講又感到一絲可惜。而少話的妹妹總是微笑地看著我點頭，問她所有問題她都僅是點頭抑或搖頭，投來一個恬靜的微笑，偶爾吐出幾個短句子搭話。

有時出幾個搭配文章的小習題，她低頭書寫時，我便空然地轉動眼球（切不可太大幅度轉動脖子使人感到家中被窺視）觀察我們所在的空間，這是廚房裡的一張大桌子，左側掛有她很是成熟的圖畫作品，右側有能透進陽光的大片玻璃，廚房相當整潔，內側蹲伏著 Tiffiny 綠的大同電鍋，桌子的邊緣擺著各式進口零食、沖泡包。（噢，每次上課我總有零食和飲品得以享用。）

最終視線落在那幅筆觸細膩的圖畫上，畫的是西方街道，妹妹說她喜歡西方國家、喜歡城市和冷氣，一切舒服整齊明亮的事物。想起幼時的我也學畫，也和她學了同一種樂器，她得知後露出一個很大的微笑，彷彿我跟她之間多了更緊密的連結。但心裡卻深深明白我們之間的不同，那種奇異而曲折的感覺是：我是虛的，但你是實的。

我一定比她更明白，她那溫柔又身為高知識分子的母親是多麼有意識地想將她培育成一位才女，除了寫東西和繪畫，她還學了芭蕾、現代舞、鋼琴。有天去上課時，她家寬敞的客廳忽地就出現一架豎琴，妹妹說那是她最近新學的樂器。豎琴，那種狀若羽翼的夢幻樂器，彷彿倚著它彈久了便擁有飛翔的資格。不對，它落降在客廳本身就是一種資格。

因此有陣子上課，總幻覺這位妹妹身上纏繞著許多許多晶瑩發亮的事物，我想起關於期待這件事，她必定也被給予了許多期待與祝福，思緒及此，胸口便又緊縮起來。過於美好的人，過於美好的事物，譬若繁花開盛，盈滿氣體的渾圓氣球，那隨時便要飛至藍天的神情。

總會不住的想及，如此幸福之人／嚮往舒服整潔之人，真能理解某些文章裡出現的不幸之人／灰色汙漬嗎？或是，她真的有必要知曉這些？（如若能夠毫無負擔的生活著，不也很好？）（或許也只是我自以為是的想法）但即便心裡總帶著這些疑慮，實際上也不甘心只剝開一些溫婉的成語字詞，不甘心僅是剝開一層皮。

但究竟要剝開的是什麼？剝開後又有什麼？那是否僅是一個虛晃的手勢？只因我們都對於世界內核的祕密心照不宣：那裡頭其實是空心的啊。

我參與了這個妹妹被賦予期待的過程，在她身上那一串晶瑩光亮的投注裡，總感覺自己是一截多餘的梗，被錯誤地扦插在一片花園。因為我太懂得他人的分析。輕盈甜美柔善，如若許多人對於文學單方面的誤會，以為那必定是風花般蕩漾的事物。

妹妹低著頭沙沙寫字，我看著她換過一個又一個不同顏色的筆袋，寫錯字時迅速抹上立可帶旋即丟捨，如若廚師痲利切肉的模樣，那使人嗅到青春的息氣：錯誤的，切掉就好。

五年，那手持長刀將十年剖半的年歲，露出鮮紅多肉的內裡。不知道這位妹妹為何堅持上課。每一次相見的時光皆像玻璃桌下壓的扁平而乾燥的花瓣（因如此自由的上課模式抽空了現實感）。我總是獨自說了許多的話，那些話在這麼多個安靜的午後該是流沙般沉積到她的心內，而我並無法知曉，聲音與字詞在我與她身軀的傳遞之間產生了怎樣的變化？

我究竟在她身上默默淤積起一座怎樣的小島？開出什麼樣的花？

結束課程的時間經常落在傍晚，推門走出時常是一片將要墜入夜裡的深灰藍，走在周身皆是樹的斜坡道上，總懷疑起這路途的真實？腳步的真實？那如此美好的少女與房子是否僅是一幢蜃樓，有一日我將忽地再也找不著這對美好的母女。

時光錯落交織。

想起和另個小男孩在課堂上的對話，小學一年級白淨的他突然仰頭說道：

「老師，有時候我會不知道自己在哪裡？我會忘記自己是誰。」

「晚上有時候很黑，我做夢時，不知道自己是真的還是假的。」

我摸一摸他的頭，微笑。心裡想著沒關係的，我到現在也不知道自己在哪裡，自己是誰，自己是真的還是假的。我想有一天可以和他說說莊周夢蝶的故事。

一年級的小弟讓我想起《雷峰塔》裡的一段話，記得初讀完《雷峰塔》時不知為什麼，我覺得張愛玲最想寫的其實就是這段了：

琵琶嗤笑著，自己也知道無聊。碰到這種時候她總納罕能不能不是她自己，而是別人，像她在公園看見的黃頭髮小女孩，只是做了個夢，夢見自己是天津的一個中國女孩。她的日子過得真像一場做了太久的夢，可是她也注意到年月也會一眨眼就過去。有些日子真有時間都壓縮在一塊的感覺，有時早幾年的光陰只是夢的一小段，一翻身也就忘了。

因為碩論的關係，必須長時間與張愛玲（晚期的）廝混在一塊兒，有時恍惚感覺身在她筆下一間又一間幽暗飄散著鴉片煙的房子，陽光非常老舊，彷彿遺忘所有，四周嘈雜轟亂的人聲，腳步聲細細碎碎，時間悠緩得如同她筆下反覆描寫的映著日光，金蛇一般的麥芽糖。《雷峰塔》中的琵琶總心急地等待麥芽糖緩慢的流下，而那麥芽糖就是時光，時光如此緩慢，卻又一下就長大，而長大後卻又必須直視所有殘忍的物換星移。

一年級小弟的課本上寫：

蝴蝶姐姐請問你：

「花開怎麼沒聲音？」

蝴蝶姐姐笑一笑：

「花開的聲音小小小，

只有我和蜜蜂聽得到。」

是啊，我們都聽不見花開的聲音，聽不見時間和夢，我們如何在人與人之間物換星移。

黑色的歌

灰塵落在身上，並不是真正的灰塵。

但不知怎地，總是一段時日，用手指往肩上一抹，指紋便被染成灰色，彷彿身體是一只櫥櫃，透過玻璃看進去，裡頭有許多他人留下的物品。又或者像是皮膚表層長出鱗片似的，其實無有重量，卻又分明感覺被什麼給輕微壓制。

提著包包走在街道上時，總感覺得到那些鱗，片片映著光線，反射出殘留的話語、淤積如淺灘的情緒、隱伏在生活裡的是非……。然而對於在乾燥陸地倚靠肺呼息的人類而言，鱗顯然是餘贅的。於是走著走著便渴求走得更快，那種幾乎像是要跑起來的速度，去抖落那些附在皮膚上的事物。

我會在夜裡騎上一輛靠卡感應便能逼一聲牽出的橘色腳踏車。對於沒有摩托車的我而言，這樣子的橘色腳踏車真是城市裡最好的發明了，我喜愛它身上那些小小的曖昧，例如無需記起的車牌號碼，因為在幾個小時後它將不屬於我；又例如可以騎著它到寬綽一些的人行道上，在車與人的紅綠燈之間，我僅需跳下椅墊，緩緩牽著它便能夠享有逆向的便利。

喜歡在空無人車的寬廣道路上，用盡力氣地踩踏板，像是將原先撐起身子的空氣全然抽空那樣，然後整副身體的鬆開，水母般墜入漆黑之中，像是手上扶著滑翔翼般地在夜裡漂浮。那些覆蓋在身上的灰塵也好，鱗片也好，皆會一點一點地脫落。我把那些他人的物品移開了，櫥櫃回復成人型，又長出了火紅心臟，撲通撲通地輸送血液。

有些朋友知道我有如此行徑後總是露出小小的吃驚，我想我只不過想扭開身上的閥，切換一種速率，用另一種不同於平常日子的速率去清理自己，或是剝開一顆橘子般，尋求那些生活裡，被掩蓋過去的多汁亮橘色。也有少數的朋友在聊天時不經意地說：「你以後還是別開車了，覺得你是那種開著開著就忽然會飆起車來的那種。」

我笑了，但這句話對錯參半，指向對的那端是那潛伏在心底泥沙，漩渦般的衝動，然而那始終會被我所熟稔的理智超我技術給擊散。最常落幕的結局是：形體內捲起一千次浪，形體外則我還是原來的我。

那些在心中湧動，被抑止的浪是否在生活中化為另一種形式，悄悄地返回平凡的時日呢？我想在那些漆黑的路途中是可以覷見答案的吧。

黑色的路像蠟燭芯蕊，凝燒著幽光。

經常感受到被一股不明所以的內在驅力，整個人便來到了漆黑之中，如同魔術。最好的狀態當然是騎著腳踏車，在漆黑之中感受不同的速率，彷若游著、飛著，那種不同於常軌的移動形態，然而後來我發現倚賴雙腳行走也能夠達到那種彷彿吸食一條黑色路途後，猶如被淨化的愉悅。

於是也經常在漆黑中行走。像是我的身體是一個軸心，將那些漆黑的路走著騎著便捲到了身上，整副身體於是錄音帶般地就唱起了歌，好似只要懂得轉身翻面，便可以一直歌唱下去。

體內一片安靜，寂然。低頻的嗡嗡聲響起，星火劃過。墜入一片很深的天空或是海裡，泡泡碎成無數細小發光的沫，環繞周身宛如飛機在天空留下的尾跡雲。長出翅膀或另一種有別於陸上的鱗，可以感受水中波動、流向的鱗。無論是天空還是海，重要的是於我而言，那都稱得上是另一個世界了。

轉彎後，便能見到城市裡勉強被視作「河」的大排水道，在黑暗的庇蔭下，一旁的路燈與廣告招牌在水面上灑下不同色澤的光，我會繞到樹較多人較少的那側窄路，一路輾壓地面的葉子與果實，慢慢滑動輪胎，將視線停佇在那些水面上的光波。出了河樹之路，便會來到一大馬路與交流道，我喜歡看著車子在高升而起的路上疾行，一座又一座的路燈如鷗鳥展翅。

那些遠處的燈光飛著、散著，在我的瞳孔裡留下一道流星般的光弧，我不會知曉他們過著怎樣的人生，將趕往何處。距離所產生的美幻，那些飛翔的車燈在我心中留下一股莫名的希冀感：原來人生有這麼多方向可以前往，可以馳行。

壓過長長的斑馬線，這區覆蓋著多塊未開發的荒地，被鐵絲網細細圈描。這區的路上幾無人車，前方一片黑暗，我溶了進去，似在深海。路旁水溝蓋下的水不知怎地非常急切地流動著，從縫中吐出白色水花，像是城市反抗似的痙攣。小型的私人廟宇安靜地掩著門扉、透明玻璃裡，捻熄燈光的車行散發著巨型機械昆蟲休憩的呼吸。黑暗深處立著一幢周圍滿是大葉種樹木的私人俱樂部，造景瀑布的聲響，在藍紫色迷幻燈光下聽起來十分遙迢。

更深的黑暗荒野中巍巍聳立一排巴洛克風的住宅，無人居住的樣子，望過去像沙漠霧氣中幻影般的宮殿。

一切如此無聲而美麗。

然而身為人類，不宜一直活在夜裡。

「我其實厭惡這樣子。」黑暗之中，僅有延長線上的紅色光點微弱地亮著，沒有窗子的房間需要空調，那個人的皮膚如蜥蜴般冰涼，沉默後他問我：「但妳為什麼不敢面對自己？妳為什麼不敢？」我起身離開，走了很長的路。

我不願一直在夜裡，因為我不像電影《Victoria》，我沒辦法著魔似的彈奏魔鬼梅菲斯特圓舞曲，跟隨那些旋律走進最深的夜裡、坐在頂樓邊緣、進入一個充滿槍枝的地下室。黑夜並不總美，我知道自己無法走入它帶有血色與壞毀的核心。

機房裡不知名的大型機器嗡嗡響著，我們勉強在雜草中踏出一條路，草上水氣的味道，讓人覺得會飛出透明的發光的蜻蜓，我終究和友人散著步著，就又來到了深夜，遠處住宅大樓連結而成的線條心電圖般緩緩跳動，周身皆是荒草，我們渺小了起來，如若眼球裡的陰翳，如若露珠。我們沒有石子可以追隨，就讓自己成為石子，在陌生的坡道滾動。

無方向地在雜草中前行，我們闖入一個小型公寓庭院，廢棄的泳池空空地張著，深淺不一的藍色瓷磚上，積累的落葉塵埃並不多，應是有人定期打掃。我們因為好玩和疲憊抱膝坐在裡頭，此時天空已是灰色的了。

那樣薄薄的，似乎隨時會被清晨的陽光觸角刺破的灰，令我想起在日本藝術季看見的南寺，一幢全黑的屋子，是安藤忠雄和 James Turrell 合作的作品，名為「Backside of the Moon」，月球的背面。

全然縝密的深黑之中，我們僅能扶著牆壁行走，人類畢竟是不會發光的生物。坐在一處等候，等瞳孔綻開，細弱的光水蝕般游進來。慢慢地看見前方湧動著一片白色煙氣，冷涼如山林薄霧，無論從哪個方向望進去，皆感到雲深不知處，身後仍是漆黑。這裡是月球的背面，是否是和月球正面的光影交錯之處？

想起有次因為失眠，乾脆在天未亮的清晨出門散步，那是我經常在夜晚騎車經過的溪邊。此時天色灰濛，霧氣淺淺的布著，我彎進一條沒走過的下坡，沒想來到了陸橋下方。溪邊已有幾名看來年長的男子在準備釣具，我踩著石子來到溪水旁。真的釣得到魚嗎？我困惑地想著。霧漸次消匿了，剛醒的太陽用孩子般溫柔的光灑在溪面，那些亮白光點全都閃動起來。

我忽然明白，那些捲在身體軸心上，如卡帶漆黑的路，都是為了唱一次這樣的歌，唱白灰霧氣的湧動，唱一首歌，關於一個被生活反覆拗折而充滿皺褶的人，如何用力甩動他的釣竿，將尼龍繩擲入那樣滿是清晨光點的溪面。但只要再次旋轉卡帶的卷軸，仍永遠有一首屬於黑夜的歌。

咖啡事

咖啡，是黑色的照妖鏡。

如果咖啡具有形體，以現下的我而言，最喜愛的無非是帶著發酵酒香的日曬系咖啡，那宛如從電影《惡女花魁》萬花筒的斑爛絢麗之中走出的，穿戴美豔、一個眼神便能勾人心魄的藝妓。然而，心頭的另一側卻又極端的被豪爽、苦裡帶甘甜的美式所吸引，似是長滿大鬍子的大叔，在冷天裡以一老鏽口琴吹奏出的低沉音律。

話雖如此，好似對這黑色液體有什麼特殊堅持，卻也沒那麼堅持，喝到不合口的頂多輕扭眉心，配著餅乾麵包也就下腹了。

咖啡作為飲品確實是一種癮，著迷是那層次疊沓的風味與香氣；然而另一說是，飲品為的是姿態的展現。然而姿態這事說來複雜，畢竟生而為人，動輒大概都成姿態或風景吧？又有時喝者無心，觀者有意，連喝也要顧及他者的凝視實在疲憊，最終還是得回到自我本心。

如果咖啡是種姿態或風景，最不喜的約莫是那在宮庭風格，過度碧麗輝煌的建築物中，以浮誇花俏瓷杯盛裝的咖啡。喜的則是西式老咖啡店裡，簡約白杯的黑咖啡，背景音樂最好為爵士，與人們的交談聲錯織成一幅熱鬧的溫黃畫面；像是《咖啡與菸》Tom Waits 和 Iggy Pop 所在的那種昏暗，不斷有光點流瀉而下的，似酒吧的老咖啡館。

說起電影裡的咖啡，在心中久留不去的畫面竟都與殺機有關。一為《色戒》裡湯唯在最終要與特務夥伴們打pass以示可以行動刺殺梁朝偉的咖啡店。湯唯俐落的米色風衣裡，一身孔雀藍旗袍，湖水色耳環，紫檀短跟高跟鞋，黑色短淺緣仕女帽，用轉盤電話聯絡夥伴後，回到位置上啜了一口咖啡。紅棕色唇印落在白瓷杯緣，鏡頭拉近，桌上僅喝了一口的咖啡與唇印，未動過的糖罐。而後湯唯拿出香水，在頸後與手腕緩緩地塗抹著，一時女性的軟香便充滿了畫面，雖然最後她香消玉殞了。

另一個時常縈繞在腦中的咖啡風景，則是冰天雪地之中，在木屋裡冒著白色煙氣的大壺黑咖啡。冷天喝熱咖啡絕對是能從心裡根部開始暖和的。《八惡人》中驛馬車站內，八人為了活命各懷鬼胎的心計交鋒，終於有人在熱咖啡壺裡下了毒，中毒者將屋內嘔得滿是鮮血，引爆了最後的槍戰。

咖啡與殺機之間的關聯，也許是逐漸亢奮的腦神經、沸騰的血液。

比較認真地沖起手沖咖啡，是近幾年的事，到書店工作，與夥伴討論如何增加營收，剛好我們都喜歡咖啡。將水煮沸時，若店裡剛好僅有自己一人，便可以看著那些煙氣從壺嘴漫出，傾上一旁的大片玻璃，有時會無聊地用手指在煙氣上塗鴉，然後再看著那些圖案被仍然不斷湧出的白煙給覆過去，變得模糊，失卻輪廓，滑下幾顆水珠。

一切在煙裡的、如煙的，皆因朦朧而有美。

那於內在視域，如若從煙霧瀰漫浮現而出的一杯手沖咖啡，令人期待與著迷之處正在於它的曖昧與歧出，咖啡豆雖鋪墊了絕大多數的香氣口感，然而溫度、水柱粗細、手法、器具皆會使氣味有著枝微的不同。因此得到一包新豆子，有時如同得到一種新的色料般，期待它的質地變幻。

人生雖然無常，但生活較常摺疊的模樣為抽取式衛生紙般的日復一日，在咖啡裡找點亂子又有何不可呢？

手沖喝多了，拿鐵便喝得少了，缺了圓滑的乳白，似變得愈發刁鑽而難以理解。許多時刻得到的回應是：「喝咖啡有必要這麼複雜嗎？」「有不一樣嗎？都差不多吧。」一下子就被話語隔到另一方，但其實並非追求名貴器具與豆子，僅是盡可能喝到屬於咖啡豆本身真實的氣味，不焦火，不調味的。

但在虛實相生的日子裡，真實難以澄明。生活的旋轉盤上，只能各取所好的飲取，流淌進體內的光影變化僅有自己知曉。

咖啡不語。

隨年紀增長，又久未與父母同住，才發現原來過往記憶中，向來嚴厲寡言的父親竟也喜愛手沖咖啡，此後這就成了我們之間幾乎唯一的共同話題。與父親過去諸多的扞格不睦，源於我們某部分的相似、皆不知如何扮演家庭角色，尋常親暱的父女關係，我們卻因彆扭而各自蜿蜒，在屬於自己的堡壘裡攻防。

那段總是喝即溶咖啡和商店咖啡的日子，無益的奶精與糖占了絕大成分，但當偷偷摸摸拆開包裝，在杯中傾倒粉末與熱水，快速以小湯匙攪拌並喝盡，便達成了衝撞家中禁喝即溶咖啡和飲料的小小快感。

那不似拿鐵帶著圓潤的自然大地土褐色，不似單品豆的琥珀色，也絕非苦黑；而是一種不自然的、有點混濁的深褐色，經常表面還覆有一層霧白不化的奶精，像當時過不去的心緒，是生活裡小小的鬼魂般的事物；但卻喜歡看那些奶精在經過湯匙旋轉後，最終慢慢靜止下來，形成一個圖像的模樣。

現今很少喝即溶咖啡了，然而在某些時刻，體內的閥被轉開時，會突然很想喝上這樣一杯，明知其實無香氣可言、充滿糖分與不好代謝的反式脂肪，對身體無所益處的即溶咖啡。

取來很小的杯子，倒入七分滿的粉末，極濃郁的泡上一杯；感受一團不自然的甜味流入體內，那些化不開的白色奶精懸浮的是國高中時期蒼白的記憶：

清晨六點蒙昧的校車、無止盡的考試、與父親的爭執，全都一圈又一圈旋轉著。貝納頌、三十六法郎、輕鬆小站，甚至是老牌伯朗，皆陪我度過了那些去市立圖書館的日子。像是體內有了另一個以咖啡築起的沙丘，在每個凹痕中支撐著我不倒、不會就此沉沉睡去。

咖啡是抗衡、戰爭、有所求。心有所住的漆黑。

漆黑之中，我看見自己的軀殼變形，渴望游著便能遇見螢光珊瑚，靠近舞動著婀娜觸手的章魚，渴求旖旎的海妖之歌，浪與浪的交疊之際，飄散出花果酒香。

啪啦一聲，熱水沸騰了，我一下子回到桌前。水溫九十，穩住手臂的力量，沖濾紙、在拍平的咖啡粉上悶蒸、繞圈，空氣被推擠出來，在粉的表層吐出泡泡，像是要說些什麼。

想像著這杯咖啡該有的香氣，葡萄、野薑花、紅糖、檸檬，我知道自己在往後的人生仍會一杯又一杯的喝下，為的不是清晰的腦袋，而是那隨著顆粒粗細、水溫高低而變幻莫測的香氣，為了在血液裡注入熱烈的咖啡因，如在體內燃火，小小的巫師們手拉手圍成圈，在生活裡植下迷幻草藥。

我會一遍又一遍地喝下，無論是帶點透明的琥珀色、深黑色、淺褐、濁黃，讓所有血管通紅，如若點燈，有燈的地方有人，便有或明或暗，酸甜不一的慾望。

車窗和雨滴

每當雨天看著玻璃窗上掛著的小水滴，便會想起年幼時，特別喜歡下雨的時候剛好在行駛的車子裡，車上的廣播夾雜雨聲，聽起來好似隔著一層絨絨的什麼，卻又因為這種隔閡產生了一種弔詭的，彷彿被保護著的親密。

坐在駕駛座後頭的我會仰頭看車窗上的雨滴，看著它們由上而下一顆又一顆地滑落，我會選中幾顆中意的水滴，分別替它們取名，在心裡為它們展開一場比賽，看哪顆雨滴最先滑落到底，若恰好被我猜中，便會在心中高興好一陣子。

後來長大了一些，仍喜愛下雨時在車窗上看雨滴的滑落，但已經沒了那種彷彿看賽馬的興致，看著一顆雨水滑落，通常結合了另一點小雨水，它便再往下滑一點，再飽滿一點、再沉重一點。

後來便覺得那些雨滴是在走路，在路上遇到了這些雨滴那些雨點，有時候許多雨滴在還沒抵達車窗的最底部（我設定的終點），便在半途因為承受不了雨滴積聚的重量而爆裂開來，在下方留下一連串極細碎的水痕。

再後來的後來，之於自己生命中許多重要的情節與畫面不知為何總跟雨天扯得上關係，雖然不管在文學作品中，還是電影裡，雨都彷彿是一種顯舊的存在，一種抒情與浪漫的背景，然而還是需要雨，需要下雨。

這一年發生了許多事情，一些人離去、一些人走來，一些事情完成、一些事情正要來，時序走到了空落的一階，便開始在記憶中往上爬，站在回憶的高處還是覺得好多事情才在昨日發生。

想起曾經因為某個人寫下一首關於雨的詩，然後每次只要在日後看見便會因為覺得寫得實在太爛感到羞恥，然而當時擁有的那些心緒、擁有的那些情節，也像那些無法抵達終點的雨，在路途中爆裂紛飛，僅留下那串細碎的水痕去證明內心曾任由那些情感與情緒去累加去疊蓋，好的壞的便全都在裡頭，從未想過爆裂的時刻，然而也因從未想過，爆裂時便成為一瞬之間，誰都無法抵禦的事。

茶與字

向來是咖啡喝得多，茶少。

也許心底隱隱對過於講究的喝茶有些抗拒，總覺得所用器具名貴易碎，非我能輕易碰觸；又或覺得自己似乎無能匹配茶中的清幽、寂靜、潔性不可汙，身處其中便有些彆扭，身上的雜訊滋滋響著。

但每每又總被茶屋所散發的靜謐氣息牽引，喜愛陶壺陶杯一桌子的擺列、泡茶之人獨有的姿態、淡漠神情，讓人相信身處其中能夠撫平紊亂的思緒線條，洗淨生活裡被覆上灰塵的窗几。

原先也僅是懵懂的跟著身邊長輩喝，對於喝茶這件事情最大的想像是以《紅樓夢》為起點，記得那些生活在大觀園裡的雅士用雨水和雪水煮茶、賈母不喝六安茶喝老君眉、妙玉將劉姥姥用過的茶杯扔了，有時覺得這些哥哥姊姊的高雅任性，非常人能及。

直到一日接到一封熟識師長的簡訊，問我是否有興趣和他的一位朋友合作，書寫和茶相關的文字，我喜出望外，覺得老天幫我開了一支壺。

首次和Y見面，約在一間咖啡店裡，短髮削薄塞於耳際後的Y，著棉麻衣褲，戴一頂棉質漁夫帽，眼神裡漾著淡然與堅毅，不笑之時予人一絲嚴肅感，然而開口說話，輕亮的笑聲便會如若湖面閃爍的光點流瀉，我們聊日本、聊電影與夢境（因我們都是多夢的人），最後才聊合作文字的模樣。

Y說想藉由二十四節氣帶出茶。

之後的見面都在Y的工作室裡，那工作室隱身於靜僻的巷弄中，一棟充滿植栽如森林的大樓。我們的共同時間是早晨，因此總是約在中午前見面。我會早早的從床上滾落，緩緩地走那段於我而言小有距離的路。

這些街道上的店大多過了中午，或下午才會開張，清晨無人，感覺這些店都闔著眼皮、懷著夢境安然睡著。咖啡店、餐廳、服飾小物店、生活精品、藝術工作室，聽說從前曾繁華一時，如今卻衰落了，像是荒廢的古城。餘下的這些店像是被這條街咀嚼過後，仍有足夠堅實的骨肉去保有姿態。

一路上我邊走邊想，在這個時序被打亂的世界，依然存在串聯這世界無形脊椎般的節氣嗎？

Y工作室隱身的大樓門口有兩棵緬梔，一棵挺拔茂密，另一棵則清癯，走上階梯後會看見連接於大門後，一巨大的褐黃色遮雨棚，呈現微微的八字貌，似鳥低垂的羽翼，下方植物若干，葉片闊大如扇，看過去一派慵懶。

一進到工作室，目光很快的就被從透明玻璃大窗流淌進來，靜靜躺在木質地板上的一幀金色陽光給吸引。

Y領著我參觀了一圈，空間簡約，無有太多雜物，幾件古樸木質家具沿著牆壁擺置，藤壺、手作織品、茶壺、茶杯在陽光裡輕輕呼息。坐到桌前，Y在廚房煮水準備沖茶，水聲呼呼響著。我看著桌上以陶器盛裝的苔球合果芋，另一張高腳桌上，一透明玻璃器皿裡的黃金葛垂下枝蔓。

窗外樹葉晃漾，樹影投在地板那幀金光，那光恍然成了一池水塘。

鳥類的啁啾聲忽然響亮，Y提著一銀壺微笑走來，「燕子最近在樹上築巢了，牠們有時候像在吵架。」接著Y以長柄茶匙取出茶葉，以銀壺緩慢在蓋碗邊緣注水，一連串流利的動作如河水，一素白瓷杯漂流到面前，裡頭一汪青綠。

「請喝茶。」Y說。

謹慎的端起茶杯啜了一口，沒想到竟是果凍般的口感，香氣徐緩淡雅。我的詫異在臉上一展無疑。「這是西湖龍井，新鮮的話就喝得到膠質。」驚訝猶存，聊了一陣子，我拿出準備好的紙張，上面列了些因為書寫內容需要的訪談式問題。

例如：什麼契機讓你走上茶人的道路呢？對你而言，茶與生活的關聯是什麼？如果有一天，世界上沒有茶這樣的存在了，你認為會有什麼改變？茶改變了你生活中的什麼？

最後在些許的遲疑中詢問了對於手搖飲料茶的看法，Y的意思是，那是贗品是現代社會下的幻夢，但她可以理解為什麼為人所愛，而我也坦承了一段時間便對其思念不已。

那爬滿冰涼露珠，抑或溫甜帶嚼勁的渾圓幻夢啊。

經常從他人口中聽見喝飲料為今日救贖的字句。生活快速且疲憊，倦怠社會，人人都擁有螢光色的夢和血管，繽紛的資訊七彩糖粒般灑下，從四面八方從角隅滲入，所有人跳球池那般快樂地栽進了，不知快樂或不快樂地游著，好像表層都得快樂積極，憂鬱和不安便淤積到心底。

於是這人性化又多選擇的便利，便化為人們提領著的，搖搖晃晃的夢境，出點力將疲憊戳破，訂製好的河流便會蔓延開來。

我居住的那塊由一條大路延伸諸多錯綜巷弄的地區，飲料店鋪的密度高到令人不耐，拉上新開幕布條、拆卸、新布條、拆卸，數量卻是增加。台灣的手搖飲料約莫世界之冠，外國朋友無不驚異於那琳琅的菜單，多樣的搭配與變幻，該是因為地狹人稠，時間的轉動在感受上忒是快速，而好好地以葉沖茶卻需要空曠的時間。

茶在佛教中是僧侶打坐悟道時必需的提神品，以求止靜斂心、身心輕安。

塵世中繚繞的茶飲料則大多為「夢幻泡影」，有時甚至難辨真偽。

透明蓋碗裡白毫銀針在水中或直立或傾斜的漂浮，嫩綠的似座水中森林。

幾次沖泡後，Y將漸次無味的銀針從碗中取出，渣方裡的這些銀針便完成它們身為茶葉的使命。「現在的茶越來越不耐泡了，以前的茶可以沖很多次還感覺很好喝，現在因為土地環境都越來越差，過度施肥導致貧瘠酸化，茶葉的品質也沒那麼好了。」

茶樹無有選擇。想起曾在一本幽美靜寂的散文集裡讀到的末篇〈假如我有一塊地〉，末句寫著：「我們想擁有一塊怎樣的地，假如我們種的是自己。」

紅茶溫暖繁複，似多情的夕陽，綠茶是清瘦的隱居者，烏龍是小巷裡下棋的老人，白茶淡然細緻，飄散老派優雅，黑茶則像內功渾厚、大隱隱於市的俠士。

我經常想人生不過是選擇一種樣態度過，抑或是被生活與不可抗力刨出明晦，形成一種氣味、色澤，無論是不是我們喜愛或願意，都隱隱形成姿態。

假如我們種的是自己？

Y與茶為伍，熟稔茶葉特性與不同質地茶具的搭配、置茶量、浸泡時間、香氣、色澤，專業的茶師被稱為茶人。我回望自身，不知從何時身上掛上越來越多文字，也在他人眼中成了某種姿態。

把在紙上列好的，準備要訪問Y的問句中「茶」都代換成「字」來問問自己。

假日午後，窗外陣雨陡然落降，原先的散步計畫被雨打皺了。發了一陣呆，想起Y贈予的一小包生態茶葉，遂決定在房間裡擺個小小茶席。這生態茶與一般的茶葉不大相同，外觀看似枯葉，以自然農法製成，無有太多人為工藝，感覺像在金色的秋日街道所拾獲。以熱水沖泡後的茶湯呈現淺淺的亮褐色，滋味甘甜非常，但氣味仍與Y所沖泡的有所不同。

雨聲淅瀝，我坐在冰涼的瓷磚地板，看眼前的茶冒出霧白氤氳，腦中思著如何將這生態茶以文字展現出來，忖著要交給Y的文字，春分、穀雨、夏至、芒種、白露、冬至，文字如蟻般在眼前列隊爬過，不一會兒未完成的生活瑣事跟入隊伍，我驚覺自己不應如此侮辱茶所予人的空靜。

這樣細細辨別氣味的喝茶時光畢竟難得奢侈，正如同好好寫字讀字在日常生活中也非易事。枯葉般的生態茶為Y親手製作，她說這樣的茶最符合她內心對於茶的理想，讓茶生長自無有施肥的土地，自然扎根吸收養分，減少人為工藝。

「茶這個字就是人在草木中，減少人為，才喝得到來自天地自然的茶湯。」

端起茶杯喝了一口，甘甜的茶湯在口中打轉，帶著些清晨的明亮。想起自己操持的，無色的文字，如將其攢入壺內，以熱水沖下，該會在氤氳中發散怎樣的氣味，呈現怎樣的色澤？

而後好幾次Y邀我上茶山做茶，我總是無法配合時日，只好看著Y上傳到臉書的茶山照片，除了陽光下辛勞採茶的畫面，亦有仙境般飄遊於山陵的雲海。

低頭寫字，眼前一片灰濛，提醒自己不要忘記這段清亮靜謐的喝茶日子。就像是冬至為陰之極，然而有一陽生。而在心中留下的茶，正如同太極圖上黑色那半部，萌生的一點白。

文學叢書 626

INK PUBLISHING

地底下的鯨魚

作　　者　許閔淳
總 編 輯　初安民
責任編輯　宋敏菁
美術編輯　林麗華
校　　對　吳美滿　許閔淳　宋敏菁

發 行 人　張書銘
出　　版　INK 印刻文學生活雜誌出版股份有限公司
新北市中和區建一路 249 號 8 樓
電話：02-22281626
傳眞：02-22281598
e-mail：ink.book@msa.hinet.net
網　　址　舒讀網 http：//www.inksudu.com.tw

法律顧問　巨鼎博達法律事務所
施竣中律師
總 代 理　成陽出版股份有限公司
電話：03-3589000（代表號）
傳眞：03-3556521
郵政劃撥　19000691 成陽出版股份有限公司
印　　刷　海王印刷事業股份有限公司

港澳總經銷　泛華發行代理有限公司
地　　址　香港新界將軍澳工業邨駿昌街 7 號 2 樓
電　　話　(852) 2798 2220
傳　　眞　(852) 3181 3973
網　　址　www.gccd.com.hk

出版日期　2020 年 5 月　初版
ISBN　978-986-387-338-9

定　價　300 元

國家圖書館出版品預行編目資料

地底下的鯨魚／許閔淳 著；
--初版，--新北市：INK印刻文學，
2020.05　面；14.8 × 21公分（文學叢書；626）
ISBN 978-986-387-338-9（平裝）
863.55　109005034